KB073805

찬란한 오늘의 옆에서

찬란한 오늘의 옆에서

시온 지음

찬란한 오늘의 옆에 우리가 있다!
보통의 날이 드라마가 되는 '찬오옆'

'찬오옆'에서 오늘을 살아가는, 그들의 이야기
카페에서 한 편씩 읽으면 좋을 단편 소설

좋은땅

목차

단편 소설
제1편

태인

'공간이다.'

곧, '내 집이다.'는 말입니다.

그가 웃으며 리모컨의 버튼을 누르자, 천장에 붙어 있었던 그의 침대가 아래로 선선히 내려오기 시작하는데요. 순조로이 하강하는 이 침대가 완전히 바닥에 닿기 전에 그는 침대 안으로 펄쩍 뛰어 들어갔습니다. 거위털 이불 안은 아늑한 공간이어서. 그는 그곳에 몸을 파묻고는 곧 잠에 빠져들었습니다.

1

비록 약 15평 남짓한 공간이었지만, 이곳은 그의 유일한 아지트입니다.

만능 리모컨으로 제어할 수 있는 가전 기기와 가구들은 항상 그를 반겼는데, 이렇게 설치하는 데에만 약 삼백여 만 원 정도가 들었다고 하더군요.

이것은 그가 좀 더 어리고 좀 더 천진했을 때 동경했던 많은 것 중의 하나입니다. 그의 침대는 낮에는 천장 위에 달려 있었고, 그의 커피포트는 아침마다 자동으로 커피를 끓입니다. 비록 소소한 가전 기구에 좁은 공간이었지만…. 그를 짙은 잠에 빠져들게 해 주는 그의 보금자리임에는 분명했지요.

그가 오랫동안 동경했던 오래된 전자기타도 이케아다운 플라스틱 의자 위에 한쪽을 차지하고 있었는데, 이 전자기타에 대해 말할 것 같으면, 한때 유명했던 락 가수의 소지품이었습니다. 종이장처럼 얇은 이 기타의 앞면은 프린터된 스티커가 붙어 있는데, 보통의 기타처럼 연주가 가능합니다. 그때는 매일의 소일거리들을 쉽게 하는 것이 유행이었지요. 세련된 것을 추구하는 사람 중에 이렇게 가정 기기들을 한 개의 리모컨으로 조정할 수 있게 연결시켜 놓는 것이 유행했습니다. 게다가 이것들은 집주인의 목소리를 분별해서 인지할 수도 있습니다. 그가 "불 켜져라!" 하면 전등불이 들어오고요, 덥고 환기가 필요하다고 하면 창문이 자동으로 열리는 식으로 말이죠.

2

태인은 이 집의 시스템과 매일의 생활 방식을 유지하기 위해서 아침 일찍 일어나 이십 마일(약 32㎞) 정도를 움직입니다. 지금은 아침이고, 그는 회사에 갑니다. 그가 현관문을 여니 좁은 복도가 보이네요. 복도로 저벅저벅 걸어 나온 그는 보통의 에스컬레이터와 같은 자동계단에 올라탔습니다. 그가 현재 살고 있는 마운틴 로열 보드 건물의 복도는 자동으로 앞으로 나아가는 바닥으로 되어 있는데, 외부 도로와 이어지게 되어 있습니다. 그리고 이 외부 도로의 무빙워크는 도시 곳곳으로 연결되어 있었는데, 이를 이용하는 이동자들은 힘들지 않게 편안히 직장으로 '운반'되었습니다. 취지가 그랬죠.

오늘 이 거리의 무빙워크에는 특별히 신문을 읽거나 책을 읽고 있는 점잖은 사람들도 보였고, 오른쪽으로는 트레일러 위에서 건강 달리기를 하거나 애완동물을 산책시키는 사람들도 있었습니다. 태인은 전날의 피로감이 있었으므로 아침 길에 고단백질 바를 사서 걸으면서 오물거렸습니다. 피로 해소에 도움이 되는 비타민 B군과 C군이 함유된 일반적인 바였습니다. 그가 사는 시대에 피로감은 촌스러운 것이었습니다. 과거의 유물이었죠.

시중에 유행하는 이런 보조 식품들과 음식물을 섭취하는 대부분의 도시 사람들은 '말끔'해 보입니다. 그런데 어떤 연유로 인해 이런 주류와 다른 부류가 된 사람들은 그 외관이 두드러지게 튀어 보이게 되었습니다. 깔끔하고 세련된 미래 지향적인 다수의 이미지에 반해, 그들은 될 수 있는 대로 자연적인 모습을 지향했습니다. 가령 그들은 얼굴의 주름이라든가 흰머리를 그대로 둔다든가 햇볕에 그을린 모습을 자연스럽게 여기는 사람들이었는데요. 그들이 발행하는 잡지에는 시골 농부의 얼굴이 실리기도 하고 투박한 땅과 야생에서 사는 소수 민족의 사진 등이 포함되기도 했습니다. 일반적인 도시인들은 굳이 이런 이미지들에 대해 이해하려 들지 않았고, 이 잡지는 큰 인기가 없었습니다.

반면, 대부분의 사람들은 자신을 만족시키는 핸섬한 외모 가꾸기에 관심이 많았습니다. 특히 표정을 디자인하는 것은 큰 유행이 되어서 그들은 언제나 자신이 좋아하는 표정을 지을 수 있게 되었습니다. 자신 있게 이빨을 드러내는 시원한 미소나, 담담하지만 절대 이상하거나 튀지 않는 미소 등이 선호되었죠. 찡그린 얼굴로 거리를 걷는 사람은 거의 없었습니다.

태인의 출근길은 비교적 한가했고, 여느 때처럼 아무 문제가 없었는데요. 딱정벌레처럼 하늘 위에 띄워진 보드로 출근을 하는 몇몇 사람들이 눈에 띌 뿐이었습니다.

3

이 도시인들은 또한 외국어를 즐겼습니다. 이유인즉 의성어, 의태어, 외래어와 줄임말 등이 일상 소통에 상용되면서, 외국어의 소리와 모양이 주는 이미지를 즐기게 되었기 때문이었죠.

그의 시대에도 컨텐츠는 중요했지만 이 도시에서는 형태와 소리의 이미지가 더욱 중시되어 다양한 외국 음악과 문학을 즐기는 사람들이 늘어났고, 이것들을 모아 놓은 특화된 편집숍들이 생겨나기 시작했습니다.

태인은 여러 가지의 외국어들을 조합해 호감을 줄 만한 상품의 이름들을 만들고, 새로운 언어들로 광고 문구를 고안하는 카피라이터 같은 일을 하고 있었습니다.

'의미를 찾아보려면 보라지….'

그러나, 그날 그가 조합해 낸 언어 이미지들, 그의 작품에는 크게 논리적인 것들은 없었습니다. 태인은 언제나 단어의 조합으로 느낌을 빚어냈을 뿐이었습니다.

4

사실 성악가를 지도하는 코치가 되고 싶었던 태인은 노래 부르는 것을 더 좋아했지만, 자신의 목소리가 성악이나 노래를 부르는 데 특화되어 있지 않다고 생각했습니다. 게다가 한때 무척 유행한 노래들이 언제부터인가 이 도시인들의 감성 코드에 맞지 않게 되었는데, 성악도 마찬가지였습니다. 오직 전자 음악만이 점점 인기를 얻게 되었어요. 음악의 전자화가 불거진 셈이라고 할까요. 사람들은 기계가 만든 기계음과 노래를 듣고, 춤을 추고, 그것을 흥얼거렸습니다. 태인도 마찬가지였습니다. 일하는 시간에도 그는 주로 전자 음악을 들었습니다.

그의 회사의 같은 층에 근무하는 다른 동료들의 것과도 같은 하얀색의 반둥근 타원형 책상에서 일하는 태인은 그의 일이 아주 힘들지 않았기 때문에 그럭저럭 만족했습니다. 그저 태인의 경우에는 그가 회사에 쏟는 에너지와 인내로 이 일을 유지하기 위해 한나절을 투자했다고 할까요.

5

여느 때처럼 회사에서 일을 하고 있는 태인에게 큰 미소를 띤 그의 상사가 다가왔습니다. "태인, 요 몇 달 사이에 당신의 포트폴리오 성과가 좋더군요…." 태인은 그랬습니다. 일을 통해 그리고 그의 인생의 전반에서 무엇을 얻고, 무엇을 버려야 할까? 늘 고민하곤 했습니다.

마음을 얻는 것은 좋은 일이었죠.

그날 태인은 상사의 큰 미소를 띤 얼굴이 싫지 않았습니다.

얼마의 성과급까지 받은 태인은 오랜만에 대형 할인점을 찾았습니다.

각양각색의 단백질 파우더들과 알약 모양의 열량 플러스 비타민 제제도 있었고, 유전자 재조합된 과일과 채소를 진열해 놓은 곳도 있었습니다. 예를 들면, 딸기와 오렌지를 합해 놓은 오딸이라든가 네모난 수박, 바나나 같은 아보카도들이 보입니다.

그러나 그는 무엇을 살지 고민하지 않고 '왓 투 잇, 수전!' 앱을 열었습니다. 이 앱은 이용자의 피부를 스캔해서 이용자에게 필요한 영양소를 알려 줍니다. 이 기계는 마트 앞쪽에도 있어서, 사람들이 음식을 사기 전에 미리 장 볼 목록을 내주는데, 간단한 조리법까지 알려 주지요. 태인은 비타민 C가 풍부한 몇 가지 과일과 만두, 파스타, 음료수를 샀습니다.

집으로 돌아온 태인은 리모컨으로 벽 한쪽에 서 있던 옷장을 눕혀 긴 의자를 만들었습니다. 오랜만에 긴 의자에 다리를 펴고 누운 태인은 아직 차가운 소다 캔을 땄습니다. 그리고 자신의 신뢰 보험 신용이 얼마나 올랐나 보기 위에 계좌를 열었습니다. 포인트로 환산하니 아주 작은 수치네요. 태인은 '그래도 좋다.' 이렇게 생각했죠. 확실히 그의 관계 보험은 상승세를 그리고 있었습니다.

신뢰 보험…. 신용 보험이라고도 불렸던 이 시스템은 마치 그 옛날 '좋아요.'를 모으려는 블로거들이나 게임의 하트를 모으는 것을 좋아하는 사람들을 위한 것이었습니다. 관계 위험성을 관리해 주는 매니저도 등장했을 정도로 한동안 뜨겁게 유행했던 [쁘띠] 보험 옵션이었죠.

6

그해에는 다시 검은색 긴 점퍼가 유행했습니다. 사람들은 마스크와 머리를 덮는 점퍼 때문에 마치 그림자같이 보이기도 했습니다.

솔직히 태인은 유행하는 옷을 살 여유가 없었기 때문에 몇 년 전의 댄디한 스타일의 옷과 신발을 그냥 걸치고 다녔습니다. 그는 돈을 모으고 있었는데, 휴가 동안에 크루즈 여행을 다녀올 계획이었습니다. 그는 바다 사진 전문 작가인 모지와 함께 드론 조종을 연습할 것이고, 그의 친구들과 바다에서 수영도 하고 차가운 칵테일 음료도 마시겠지요.

여전히 침대에 누워 있는 태인의 자명종 시계가 울리자, 어느 때처럼 라디오 뉴스가 나오기 시작했습니다. 그것은 어떤 극자연파 사람들이 도시의 자동 레일을 마비시켰다는 다급한 뉴스 속보였어요!

"지인아!" 태인은 그의 누이에게 전화를 걸었습니다.

"이게 무슨 소린감." 태인은 가끔 사투리를 섞어 쓰는 습관이 있었는데, 특히 그가 당황했을 때 더욱 그랬습니다.

태인은 머리가 복잡해졌어요. 트레일러 없이 회사에 어떻게 삼십 분 만에 가나? 그가 지금 생각해 낼 방법인 것은 가까이 사는 지인에게 성인용 보드를 빌리는 것뿐이었어요. 그의 누이 지인은 가정 노동과 양육을 담당하는 재택에서 일하는 무직자였으므로 그녀 집에 있는 보드를 빌리면, 제시간에 회사에 도착할 수 있을 것도 같았습니다.

"우리 성안이가 보드 타고 학교 간다고 하던데…."

"성안이가?"

"그래…."

성안이의 돌잔치가 엊그저께 같았는데, 벌써 학교에 다니는구나…. 태인은 왠지 씁쓸한 마음이 들었습니다.

이 시대의 교육 시스템은 선진화된 뇌 과학을 바탕으로 아이들의 태생적 특성과 그의 가족의 특성, 또 그들의 희망 사항이 반영된 교육 프로그램을 아이에게 선사합니다. 선택 사항으로 제공되는 이 프로그램을 대부분의 사람들이 이용했는데, 그 이유 중 하나가 학업 스트레스가 현저히 줄어든다는 점이었습니다.

아이들은 마치 푹신한 털실을 가지고 노는 고양이와 같았는데, 옆에만 있어도 알파파가 느껴지는 것 같았어요. 조심스럽고, 튀지 않고, 깔끔하고, 해야 할 일을 합니다.

전화를 끊은 태인은 침대에서 내려와서 화장실로 향했습니다. 화장실에는 얼굴을 대면 물을 뿌려 주고 거품을 내서 깨끗이 얼굴을 씻어 주는 기계가 있습니다.

이 세수 기계는 집에 없는 사람이 거의 없을 정도였는데, 개개인의 얼굴 윤곽 구조에 맞춰서 구석구석을 깔끔히 세안해 주고 옷이 젖는 불편함도 없었습니다.

그러나 눈에 띄게 당황한 태인은 벽에 걸린 그의 세수 기계를 잠시 들여다보다가 시계를 보고 기겁해서 화장실을 나왔습니다. '어떡하지?' 회사에 늦으면 모아 놓은 신용이 깎일까 봐 염려스러웠습니다. 그는 오래전부터 그의 유람선 여행과 드론 조립에 열을 쏟았거든요. 게다가 태인의 성격상 회사에 늦는다는 것은 생각할 수도 없었습니다. 그의 마음같이, 그는 서둘러서 그의 조급한 발걸음을 옮겼습니다.

7

태인은 겉옷을 입지도 않고 밖으로 나갔습니다. 머리는 자동 머리카락 디자인기로 말리지 않아서 새집이 지어 있었어요. 누가 봐도 구시대의 촌스러운 인간의 모습이었습니다.

하지만 그의 얼굴은 분명 느긋하게 웃고 있는 모습이었지요. 그는 땀을 내는 것도 싫어하는 타입이었는데, 이웃집으로 뛰어가다 보니 셔츠에 땀이 배었습니다.

화가 나는데, 웃고 있으려니 답답한 기분이 밀려오는 것 같았습니다.

태인이 이웃 동네에 사는 지인의 집에 도착했을 때 그는 마치 도시 원시인 같은 볼썽사나운 모습이었습니다. 태인은 성안이를 먼저 학교까지 데려다주는 조건으로 보드를 빌릴 수 있었지만 이런 태인을 보고도 아침 식사를 하는 성안이는 느긋합니다.

아이가 어찌나 느릿느릿 시리얼을 먹던지…! 태인은 그에게 자신의 단백질 바라도 입에 물려 주고, 당장이라도 거리로 끌고 나가고 싶었습니다.

마침내 창고 구석에 처박혀 있던 보드가 등장하고, 보드의 시동을 켜자 엔진 소리가 크게 났습니다. 구식 버전인 이 보드는 큰 엔진이 달린 무겁고 유지비만 비싼 녀석이었어요. 그러나, 날씬한 태인과 어린아이의 몸무게를 버티어 냈습니다. 높이 뜨지는 못했지만, 그래도 걷는 것보단 빠를 것 같았습니다.

일인용 보드라 뒤쪽 안전띠가 없어서 일단 노끈으로 아이를 보드 뒤에 묶어 놓다시피 했는데, 덜덜거리는 소리도 컸어요. 뒤에는 안전장치 없이 임의로 묶어 놓은 아이가 매달려 있는데, 새집 지은 태인의 머리카락이 더욱 산만해 보입니다…. 태인은 빨리 회사에 도착했으면 하는 바람뿐이었지요. 처음 가는 이 아이의 등굣길은 보드의 GPS에 입력이 되어 있지만, 거기서 자신의 회사로 가는 길은 등록되어 있지 않았으므로, 태인은 한참 애를 먹었습니다. 구식 버전이라 버튼의 조작이 복잡했기 때문입니다. 그는 하마터면 인터넷 골동품점에서 새 보드를 살 뻔했으나 마침내 아이의 학교가 보이기 시작했고, 그제야 태인은 조금 안심이 되었습니다.

그때였습니다. 갑자기 도로 현황을 모니터하는 작은 소형 캠이 그에게 날아왔어요! 그리고 그것이 그의 모습을 찍는 거예요. "이건 정말….."

그 소형 캠은 태인이 어이없어 하는 동안 그에게 작게 삐삐거리는 소리로 빠르게 그의 권리를 읊었습니다. 순간 태인은 도로법상에 삐뽀거리는 소리를 들었습니다. 사진 이미지 업로드를 취소하려면 지금 하라는 이야기인 것 같았습니다. 족히 5분은 걸릴 것 같았어요. 태인은 눈물이 날 것만 같았습니다. 그는 이 시간을 들여 업로드를 취소시킬 만한 마음의 여유가 없었거든요. 찰칵!

마침내 아이를 보드 동체에 고정해 놓았던 노끈을 풀어 학교에 내려주고는, 태인은 시계를 보았습니다. 이런! 그때부터 그가 어떻게 회사로 날아갔는지 그 자신도 믿어지지 않을 정도였어요. 거의 곡예를 한 것 같았습니다.

드디어 회사의 문을 박차고 태인이 '입성'했을 때 회사는 여느 때와 같이 조용하기만 했는데, 그날은 이상하다 싶을 정도였어요. 다른 회사원들은 어떻게 제때에 맞추어 회사에 도착했나 싶었는데, 게다가 그들은 아무 일도 일어나지 않은 것처럼 또 아무렇지도 않다는 듯이 그들의 사무실에 앉아 조용히 업무를 보고 있었습니다.

8

정계를 주도하는 온건 기술당은 급진 자연당의 그런 시위 따위는 우습다는 듯 하룻밤 사이 자동 무빙 워킹 트레일러를 완전히 고쳐 놓았습니다. 이날 태인은 조금 일찍 일어나서, 물론 '세수'도 하고, 머리도 하고, 지인의 집에 가서 그녀의 오래된 보드를 돌려주고, 회사로 가는 트레일러를 탔습니다.

"어험." 하품을 크게 한 태인은 그제야 어제 일어난 일을 되뇌어 보았습니다. 어제 일이 마치 몇 날 며칠 동안 일어난 일인 것인 마냥 느껴졌어요. 보통 그냥 거기 서 있으면, 회사에 도착하는 트레일러를 타고 있어서 그런지 회사까지의 거리가 그렇게 길게 느껴지지 않았는데, 직접 보드를 타고 가니 확실히 그렇게 가까운 거리는 아닌 것 같다라고 생각했습니다.

"응?"

방금 태인의 옆으로 스쳐 간 노신사가 읽고 있던 일간지에 태인 자신이 익숙한 얼굴을 본 것 같았는데요.

그건…. 그 자신의 얼굴 아닌가요.

보통은 눈길도 주지 않았을 급진 자연당이 배부하는 잡지 가판대에 접근하자, 태인은 잡지 한 부를 거의 낚아채듯이 집어 들었습니다.

그래요. 확실히 그의 얼굴이었습니다.

구식 보드를 탄 태인의 모습이 앞표지에 실렸는데요. 그의 머리는 바람에 날린 산발이었고, 셔츠 단추는 열린 데다가 바삐 길을 찾는 그의 눈과 그의 구두만 반짝거렸습니다. 그의 뒤에는 노끈으로 몸을 칭칭 감은 소년이 그의 팔을 태인의 허리에 두르고 있었고요. 매우 서두르는 인간의 모습이었습니다. 오직 그의 얼굴만 그 상황과 어울리지 않는 매우 차분한 미소를 띄고 있었습니다.

원시 인간!

그는 생각했습니다. 나중에 자연스럽게 당황한 표정을 꼭 디자인하겠다고요. 아니지, 멋있지만 그윽하게 당혹감을 드러내 주는 그런 것으로 해야지.

그날의 잡지 표지의 모델과 꼭 같은, 그 차분하고 공손한 웃음을 차가운 레일 손잡이 금속에 비춰 보며 태인은 마음을 먹었습니다.

단편 소설
제2편

❖

소라게

띵똥!

"누구세요?"

나의 말과 동시에 동생이 쭈르륵 마루로 나왔습니다.

다시 띵똥!

초인종이 울리고,

잠옷 바람으로 아침부터 초인종을 누른 주인공을 맞이합니다.

"택배입니다."

이번 주에만 수차례입니다.

동생은 요즘 들어 이것저것 뭐가 그리 필요한지, 택배를 계속 시킵니다. 분리수거통에 쌓여 있는 상자가 수두룩한데요….

동생은 고시를 준비하는데, 매일 학원에서 공부하고 있습니다. 학원이 끝나면 바로 독서실행이고요.

1

"십만 원입니다."

"십만 원이요?"

"예."

손톱 위에 그림을 그려 주고, 손톱 위에 이것저것 올려 주고, 색칠해 주는 데에 대한 값입니다.

위에 올려진 것은 반짝이는 예쁜 구슬들입니다.

"다 되었나요?"

"이제 구워야 해요. 돈은 현찰로 하시는 거죠? 손톱 망가지니까 제가 꺼내 드릴게요."

그녀가 고개를 끄덕이자 그녀의 손가방에 쑥 하고 손을 집어넣습니다.

요즘은 손톱 치장이 부르는 게 값이 되기도 합니다.

어떤 면으로 팝 아트마냥, 여성들이 즐기는 대중문화로 꽤 퍼져 있습니다.

2

"소희는 아담한 체구에 예쁘장하고 성실한 아이였지…."

"그녀는 조용한 타입이었어."라고 말하더군요.

어떤 이는 내성적이라고 했어요….

그러나 실제 모든 사람 안에는 내성적인 성격과 외향적인 성격이 섞여 있다고 한다지요.

어쨌든 나의 학우들은 내가 조용한 아이로, 문제를 만들지 않는 범생이 타입이라고 기억하더군요….

[에릭슨이라는 정신분석학자는 그의 성장 발달 단계 이론에서 정의하기를 성인은 만 18세에서 40세 혹은 45세로 친밀감 형성이 가장 중요한 이슈라고 했습니다.]

이런 것들 정말 중요한 것 아닌가요….

어찌 내가 이 하루를 하릴없지 않게 보낸다는 것이 더 중요하겠어요. (이러면서 스스로를 위로합니다.)

대학을 졸업하고 대학원을 지망하는 소희 양은 지금 집에서 거주하며 공부하는 중입니다.

교우들이 관찰한 대로 그녀는 성실한 편 같군요. 특히 잔꾀를 부리지 않고, 열심히 공부했습니다.

지금도 그녀는 집에서 열심히 공부하고 있어요.

누가 지시한 것도 아닌데 말입니다.

처음에는 고시 과목들이었어요. 국제 관계학, 한자, 일반 상식들을 공부했습니다.

그러다가 가산점을 따기 위해 외국어를 배우기로 했는데, 어쩌다가 중국어, 일어로 시작한 것이 불어, 그리고 스페인어를, 상식과 견문을 넓히기 위해서 신문, 잡지, 여행안내서 등을 공부하게 됐고요. 그렇게 하던 것이 가죽 공예, 광물, 부동산과 경제학 등으로 번져 그녀가 하루에 공부해야 하는 과목이 7개, 8개가 되었습니다.

물론, 그녀의 전공은 아니었지만, 그녀는 천문학과 별자리를 공부하려고 금쪽같은 주말 시간을 투자하기도 했답니다.

4

어느 날 아침 그녀의 좁은 방에서 일어난 소회 양은 방에 널브러져 있는 책들과 스크랩 조각들. 그리고 그녀가 책을 읽을 때 사용한 형광펜들 사이에서 그녀의 안경을 찾아 집어 썼습니다.

그녀가 스스로 세우고 실천해 왔던 계획에 의하면, 그녀는 오늘도 일찍 일어나 읽기와 암기를 시작해야 했으니까요.

그런데, 어쩐 일인지 그녀는 몸을 움직일 수가 없었습니다.

무슨 일인지 연유를 알 수 없었습니다. 그녀는 눈을 뜨자마자, 어제 암기한 주기율표와 할로겐 광물을 복습해야 했고, 전날 토론토에서 일어난 사건과 저녁에 잠깐 본 토론간담회를 생각하고 있었는데요.

어쩐지 그녀는 세수하러 일어날 수조차 없었습니다. 진한 피로감이 몰려왔기 때문입니다.

5

혜민이는 끼니를 때우기 위해 식사를 대체하는 과자 ○○을 뜯었습니다.

음식 봉지에 적혀 있는 영양표에 반응하는 그녀는 그날도 칼로리를 꼼꼼히 읽습니다.

늘 같은 눅눅하고 진한 치즈 맛인 크래커를 오물거리며 그녀는 생각했습니다.

고등학교 친구 누구는 어느 대학에 들어가서 외국계 회사에 들어갔다더라, 모모는 아예 자기가 회사를 차렸다더라…. 그녀의 어머니는 이런 정보에 밝으셨죠. 그렇기 때문에 혜민도 이런 정보들을 많이 알고 있었습니다.

정작 그녀의 마음은 언제나와 같은 물빛이었는데, 이는 그녀가 '성공'의 욕망이 희미했다는 것을 시사했습니다.

단지 그녀는 자기의 마른 몸을 좋아했습니다. 몇 끼를 굶으면 배에서 소리는 났지만, 그녀는 기분이 좋았습니다. 그녀는 둘도 없는 소희의 친구였습니다.

그날도 혜민이가 전화를 걸어 소희의 안부를 물었습니다.

"너 정말 괜찮은 거야? 한 달에 한 번씩 가던 모임도 빼먹고. 벌써 일 년 반이나 지났다고…. 아직도 그래?"

"혜민아, 너 그거 알아? 태양계의 나이? 그게 4571의 백만 배라는 거…."

"뭐? 태양계? 그게 지금 네가 공부하는 거야?"

"응, 외행성계를 공부하고 있어."

"뭐? 그게 나랑 무슨 상관이 있는데? 아니, 그게 우리랑 무슨 상관이 있는데?"

"우리가 태양계와 상관이 없다고?" 소희가 되물었습니다.

"몰라. 잘났어, 정말."

혜민이는 전화를 끊어 버렸습니다. 그녀로서는 정말 어이가 없었죠.

6

어떤 날 여느 때처럼 침대에 누워 있는 그녀의 방문이 조심스럽게 열렸습니다. 동생입니다.

동생은 아무 말 없이 물끄러미 그녀의 방바닥으로 눈을 떨구고, "집 앞에서 팔더라…" 하며 더 이상 아무 말 없이 검은 봉지를 방바닥에 놓아두고 나갔습니다.

'소주가? 맥주? 아니면 치킨?' 벌떡 일어나 내용물을 확인하려는데,

봉지에 손을 넣은 그녀는 소스라치게 놀랐어요.

꾸물거리는 무언가가 있었기 때문입니다.

"살아 있는 것인가?"

금방이라도 요기를 할 태세를 했던 그녀가 검은 봉지 안에 손을 넣어 꺼낸 것은 움직이는 것이었습니다. 꾸물꾸물, 작은 것이 꽤나 열심히 움직입니다.

소라게였습니다.

작은 집게발을 들어 올려 보이지만, 전혀 무섭지 않습니다. 요 작은 녀석의 집게발이 위협적이라고 하는 사람은 포크 보고 무기라고 할 사람입니다.

그녀는 오랜만에 웃었습니다.

"안녕!"

자기소개는 제대로 해야지.

누워서 유행하는 컬러링북을 색칠하고 있던 소희는 꼼지락거리며 일어나 앉았습니다.

잠옷 차림이었지만 그녀는 여의치 않았죠.

침대 밖은 쌓아 놓은 책들과 노트, 필기구로 꽉 차 있었으므로, 그녀는 잠정적으로 이 소라게를 침대에서 키우기로 했습니다.

작은 게는 꼼지락거리며 새집을 돌아다니며 탐험하기 시작했고, 소희는 다시 그녀만의 색칠 작업으로 돌아갔습니다.

7

혜민이가 그의 초등학교 동창인 임범이 결혼식에 갔다 왔다고 전화가 왔어요. 임범이는 소희가 초등학교 때 '썸'을 탄 남자아이였습니다. '너무 오랜 시간이 지났지…' 하고 소희는 생각했습니다.

그때, 임범이는 그녀가 가지고 놀던 풍선 줄을 잘랐고, 고무줄놀이 중에 는 고무줄을 끊어 놓는 아이였죠. 그러나 중학교에 올라가며 키도 부쩍 자랐고 남들보다 높게 솟은 콧대 때문에 킹카에 등극하기도 했는데, 그는 한 여자아이를 통해서 소희에게 좋아한다고 고백을 하기도 했습니다.

'너무 오랜 시간이 지났지…'라고 소희는 생각했지만, 그녀가 회상해 보기에, 실제로 몇 년 전까지만 해도, 소희는 그가 프러포즈라도 할까? 하고 기다렸던 것입니다.

그런 임범이가 같은 초등학교 동창인 민지와 결혼한다니!

솔직히, 소희는 은근히 깍쟁이 같은 민지를 좋아하지 않았어요. 그녀는 중학교 영어 선생님이 되었는데, 언제나 튀는 옷을 입고, 남들은 쓰지 않 는 모자를 썼죠.

하지만 소희는 그날도 일어나지 못하고, 침대에 누워 천장을 보고 있었 습니다. 그녀가 붙여 놓은 태양계 행성의 형광 스티커는 제법 정확하게 서 로의 거리를 유지하고 있었는데, 소희가 실제 거리를 염두에 둬서 스티커를 붙였기 때문입니다.

열 시 정도였던 것 같았는데, 벌써 두 시 사십 분이었습니다….

소희는 그녀의 손끝을 움직여 보았습니다. '내가 좋아하는 작약 꽃 부케
를 들었다지.' 잠깐 남짓한 것 같은데 소희가 일어나 보니 밖은 벌써 어둑
어둑해졌네요.
시간을 알아볼 필요가 있나. 그냥 누워 자면 되겠다 하는데 무언가 꼼지
락거리며 그녀의 손등을 어루만집니다.
그녀의 소라게였습니다.

소희는 갑자기 눈물이 핑 돌았습니다. 그리고 그제야 자리에서 일어나
냉장고로 갔습니다. 소라게에게 먹일 뭔가가 있나 찾아봐야겠다 싶었기
때문이었습니다.

8

[소라게는 추위에 약하고, 숨는 것을 좋아한다.]

'이 점은 걱정 없겠는걸. 이 작은 생명체는 늘상 그녀 방의 책들과 종이 무
더기 사이에서 숨바꼭질하며 놀고 있으니까….'라고 소희는 생각했습니다.
가리는 것 없이 잘 먹는 이 아이를 위해, 소희는 달걀을 삶아 벗겨 주었

지만, 곧 이 게가 달걀껍데기에 더 관심이 많다는 것도 깨달았죠.

그날 그녀는 태양계 공부를 일단 접기로 했습니다.

그녀에게 온 작은 생명체.

이번엔 그녀의 곁에서 하루하루를 지키는 이 작은 소라게에 대해 알아볼 필요가 있다고 생각하면서요.

단편 소설
제3편

쏘시의 눈물

이름: 쏘시 히니 체스터

10시 16분이 막 지나려고 하고 있습니다.

미동 없는 여아.

방바닥에는 길게 찢어진 종이들이 무더기로 쌓여 있었습니다.

"쏘시, 잘 시간이다."

무더기의 종이들을 치우며, 피로해 보이지만 부드러운 눈을 가진 중년 여성이 여아의 손을 끌었습니다. 여아는 아무 말 없이 일어났지만, 한 뭉텅이 신문지를 말아서 옆구리에 끼는 것을 잊지 않았죠. 그리고 그녀의 어머니로 추정되는 이 여성이 아이의 얼굴을 씻기는 동안에도 말려 있는 신문지를 계속 찢어 대고 있습니다.

말이 없는 여자아이.

유치원에서도 쏘시는 연방 종이를 찢는 일에 집중할 뿐이었지, 다른 이들과 좀처럼 대화를 나눈다든가 놀이에 참여하는 법이 없었습니다.

하지만 그녀에게는 의사가 써 준 진단서가 있었기에 모든 수업에서 예외적으로 다른 활동을 할 수 있었습니다.

"쏘시, 이것 좀 봐. 제나가 만든 목걸이야. 예쁘지 않니?"

그들은 수업 시간에 종이로 자신이 만들고 싶은 것을 만들고 있었어요.

조지라는 아이는 종이배를 만들었고, 다른 여섯 명의 아이들도 자기가 좋아하는 것을 만들었습니다.

오직 쏘시만이 계속 색종이들을 찢고 있었습니다.

◻

"어떤 종류의 욕구 불만이 아닌가 싶습니다."

"네? 선생님?"

"무언가가 제대로 표출되지 못해서이거나 아니면 무엇에 대한 항거의 표현일 수도 있습니다. 이번 세션에서는 그녀의 삶에서 억압되었던가 금기된 영역이나 부분에 관해서 물어보겠습니다. 아이가 자랄 때 엄격하게 교육하셨나요?"

"…"

새로 쏘시를 맡게 된 이 여의사는 쏘시가 어렸을 때 정상적인 성장 과정을 겪었는지 알고 싶어 했습니다. 그리고 그녀가 언제부터 입을 닫게 되었는지 물어봤죠. 어떤 특별한 계기가 있었냐고 물었습니다.

"아이는 발육이나, 정신적 신체적으로 건강했어요. 오히려 일찍 글을 익혀서 책을 읽었어요. 저는 매일 밤 그녀에게 동화 이야기를 읽어 주었어요. 쏘시는 정말 사랑스러운 아이였어요."

"쏘시, 어디 가니?"

그날도 여느 날과 다를 바 없는 날 같았습니다.

쏘시는 그녀의 어머니와 뒤뜰에서 큰 나무에 매달아 놓은 그네를 타고 있었고요.

그네는 쏘시의 아버지가 직접 만든 것인데, 커다란 타이어가 그네의 의자 부분이었습니다.

한동안 그네를 타던 쏘시는 다른 놀이가 하고 싶었는지, 아이의 강아지인 베토벤의 장난감 공을 가지고 놀기 시작했습니다.

그러다가 공이 떼구르르 굴러 옆집과 처진 담장 아래로 굴러 들어가자 공을 찾으러 가더라고요.

담장은 작은 나무들로 만들어져 있었는데, 그 나무들은 때가 되면 작은 꽃들을 듬성듬성 피워 냈습니다.

"쏘시, 이리 와."

멀찍이 그네가에서 쏘시를 지켜보던 그녀의 어머니가 말했습니다.

그러나 아이는 담장 밑을 기어 들어갈 모양으로 멜빵바지 옷이 땅에 닿도록 엎드려 있었어요.

그리고는 공이 굴러간 곳을 찾기 위해 얼굴을 담장 아래로 쑥 들이밀었습니다.

□

"그게 전부였어요. 그 아이는 갑자기 몸이 굳은 것처럼 몸을 움직이지 않았어요."

결국, 놀란 쏘시의 어머니가 그녀에게 달려가 그녀를 일으켜 세웠지만, 그녀는 벌써 이전과 같지 않았습니다.

"선생님, 무엇이 그녀를 그토록 놀라게 만들었을까요?"

그녀의 어머니가 물었습니다.

"그 이웃집에 사는 사람은 어떤 사람들입니까?"

닥터 베넷이 그의 오피스의 짙은 체리 마호가니 책상 위에 펼쳐진 진료 상담 기록 노트를 덮으며 말했습니다.

"잘 모르겠어요. 우린 얘기를 나눠 본 적이 없으니까요. 선생님은 그녀가 뭔가를 보았다고 생각하시나요?"

"그들은, 적어도 우리가 알기에, 평범해 보이는 커플이었어요. 아이도 둘이 있고요. 둘 다 남자아이들이지만 그들은 조용한 편이었어요. 그의 아버지가 아이들을 엄격하게 키웠거든요. 우리는 가끔 그 아이들의 아버지가 소리 지르는 것을 듣곤 했죠. 여튼 그날 이후로 쏘시가 이상하게 행동하기 시작했어요. 우선 사람들과 눈을 마주치려고 하지 않더라고요. 그녀가 유일하게 이야기하고 함께 시간을 보낼 수 있었던 것은 강아지 베토벤 뿐이에요. 그 강아지가 재작년에 죽으면서 아이의 증상이 더 심해졌어요. 아이에게 다른 애완동물을 사 주었지만 쏘시는 거들어 보지도 않았죠."

□

"제길. 한나. 내가 그랬지. 아이를 다룰 때는 조심하라고."

쏘시의 아버지는 그날 맥주를 마셨습니다. 그가 아주 어렸을 때 그는 자신의 친척 동생이 물에 빠져 장애아가 된 트라우마가 있었거든요.

그는 여느 날과 다름없이 많은 형제들과 함께 물장구를 치며 물놀이를 하고 있었는데, 그의 어린 친척 동생이 그만 물에 빠진 것이었습니다. 금방 푸르게 부푼 아이를 병원으로 데려간 그의 식구들은 모두 기겁을 하고 큰소리를 내며 누가 아이를 좀 더 보살피지 못했는지 분개해서 말했어요.

한나는 한숨을 쉬었습니다.

어린아이가 무슨 잘못이 있냐고.

한나는 쌍각 자궁을 가진 여인이었습니다.

그녀의 산부인과 의사는 아이와 산모에게 아무 문제가 없을 것이라고 했지만, 그녀는 항상 신경이 쓰였죠. 여자의 자궁은 인류의 근원이고, 아가들은 모두 안락한 '어머니의 집'에서 자라잖아요.

'도대체 무슨 일이 있었던 걸까?'

한나는 오랜만에 그 이웃집을 방문해야겠다고 생각했습니다.

무언가 실마리가 될 만한 이야기를 들을 수 있으리라고

한나는 생각했습니다.

□

그날은 비가 왔습니다. 도로는 그렇다 치고, 공원 길의 흙은 후려 내려치는 빗발로 엉망이 되었습니다.

하지만, 장화를 신은 한나는 날씨 상태를 유념할 여유조차 없었어요.
그녀는 아이를 데리러 놀이방으로 가는 중이었습니다.
아이에게 최대한 사회화의 기회를 주고자 했기 때문에 그녀는 쏘시가 오후 시간을 사립 보육원에서 다른 아이들과 지내도록 했거든요.
사립 보육원의 원장님이 그녀가 젊은 시절 근무했던 회사 동료의 친척이었고 한나는 쏘시가 운이 좋게 이 보육원에 들어올 수 있었다고 생각하곤 했습니다.
그녀가 장맛비에 폴싹 젖어서 드디어 도착한 보육원에서는 무슨 일이 생겼는지 벅적벅적거렸어요. 한나는 어떤 일인지 몰랐지만 가슴이 뜨끔했습니다. 아니나 다를까, 보육원에서 파트타임으로 일하는 젊은 아가씨가 얼굴을 붉으락푸르락해서 쏘시를 다그치고 있었어요.
한나는 그것을 보고 아이에게 달려갔습니다. 아이는 그녀의 손목을 잡고 있던 젊은 아가씨의 손을 세게 뿌리치고 의미 없는 이상한 소리를 지르기 시작했습니다.
"쏘시가 우리 보육원 일지와 장부를 모두 찢어 놨어요."

그 젊은 아가씨는 아이의 상태가 어떤지 잘 모르고는 아이가 찢고 있는 색종이들과 신문을 빼앗았다고 했습니다. 그리고 손을 씻으러 잠깐 위층 화장실에 다녀온 사이 쏘시는 보육원의 원장실에 들어가서 책상 위에 있던 보육원 일지와 장부를 찢었다고 했습니다.

"정말 미안해요…. 하지만 아이의 컨디션에 대해 못 들으셨나요? 쏘시는 자폐 스펙트럼 장애를 가지고 있어요…."

"스펙트럼이라고요?"

"아니에요…. 됐어요. 아이가 장부를 찢은 것은 정말 미안하네요…."

사과를 하고 한나는 소리 지르는 아이와 함께 보육원을 나왔습니다. '다시는 이 보육원으로 돌아오지 않으리라.' 그녀의 울고 싶은 마음을 하늘이 대신하는 것 같았어요. 장맛비는 주룩주룩 시원하게도 쏟아졌습니다.

❏

"젠장, 한나."

"한나!"

오랜만에 가족을 위해 부엌에서 이탈리안 요리를 하고 있는 한나를 부르는 소리가 들렸습니다.

"뭐죠?"

한나는 고함치는 그녀의 남편의 목소리가 들리는 곳으로 향하며 말했습니다. 그곳은 남편의 서재였습니다.

"오 이런."

한나가 그의 서제실로 들어가자 바닥에 흩어져 있는 찢어진 종이 무더기들이 보였습니다. 또 한 손에 회사 서류를 움켜쥐고 있는 쏘시가 눈에 들어왔습니다. 두꺼운 재질의 종이를 찢다가 손이 베였는지 손에 핏자국마저 보이는 이 아이를 그의 아버지가 대항하고 있었어요. 그는 그녀의 손목을 강하게 잡고 종이를 찢지 못하게 했는데 아이는 괴상한 신음 소리를 내고 있었습니다.

"데이빗, 그만 아이를 놔 줘요."

"이 아이가 내 서류를 움켜쥐고 놔주질 않는다고…."

"그럼, 아이가 잠시 서류를 가지고 있게 해요. 내가 이따가 뺏을게요…."

한나가 애원했습니다.

"제정신이야? 내 몇 달치 보고서를 다 찢어 놨다고…. 회사 회계장부는 어쩔 거야?"

"다시 출력하면 되잖아요, 데이빗. 아이가 서류를 갖게 해 줘요."

"그렇게 간단한 일이 아니라고 내가 몇 번을 말해."

"세부 변경 사항이나 메모들을 컴퓨터 파일에 입력해 두지 않았다고, 몇 번이나 말해. 그리고 몇몇 클라이언트 주소도 거기 써 놨단 말이야."

"그럼 어떡해요? 데이비드. 아이를 놔줘요. 데이비드…. 흑흑흑."

괴로워 흐느끼는 한나의 울음소리는 아이가 내는 큰 괴음에 파묻혔습니다. 아이는 이상한 소리를 내면서도, 한나가 속상해하며 운다는 것을 느끼는 것 같았어요. 그제야 오른손에 쥐고 있던 서류 뭉텅이를 스르르 놓았습니다. 아이를 안고 엄마는 우는데, 아이는 엄마의 머리를 때리며 소리를 질러 대고 있었습니다. 부엌에서 과하게 익은 스파게티 면이 타는 냄새가 났지만 한나는 계속 서재에서 아이를 붙잡고 그렇게 울고 있었습니다.

☐

이날 아침은 따사로웠습니다.

한나는 아이를 유치원에 데려다 주고, 오랜만에 이불 빨래를 하고 있었습니다. 새하얀 면보가 점점 더 깨끗해지다가 더 이상 깨끗해질 수 없을 때까지 이르면, 그녀는 그렇게 기분이 좋을 수 없었어요.

독한 락스 냄새도 그녀는 참았습니다. 이불보가 하얗게 되면 스트레스가 확 풀리는 것 같았습니다.

똑똑!

대문을 두드리는 소리가 나자, 이불 빨래에 한창 즐거웠던 한나는 장갑을 빼고, 밖으로 뛰어나갔습니다.

"누구시죠?"

"저예요, 쏘시 엄마. 앞집이에요."

"어, 이 시간에 어쩐 일이세요? 우선 들어오세요. 날이 덥죠?"

한나가 그녀의 이웃을 부엌으로 안내했습니다.

그녀의 이웃이 물었습니다. "쏘시는 좀 괜찮아졌나요?"

"괜찮아요. 고마워요." 한나가 진심으로 답했습니다.

그러자 이웃이 불현듯 말을 꺼냈습니다. "옆집 남자애들 있는 집 있죠?"

그 이웃이 말을 이었다. "그 집 부인이 두 분인 것 아나요?"

"아니요. 몰랐어요. 제가 몇 번 갔는데, 부인은 한 번도 만나지 못했어요."

그녀의 이웃의 이야기에 의하면, 그 미스테리한 집의 본처인 테스는 선량한 사람인데, 마치 둘째 부인처럼 대우를 받았다고 합니다. 그 이유는 이 집의 가장인 테스의 남자가 출장을 갔다가, 거기서 바에서 만난 여자와 하룻밤을 보냈다가 아이가 생겨 버린 거예요. 테스는 그와 결혼을 준비하고 있었는데 바에서 만난 여자 마지가 그의 동네까지 찾아왔대요. 배가 크게 불러서 말입니다. 아무것도 몰랐던 테스가 충격을 받고 우울증에 빠져 있는 사이에 그 둘은 결혼을 했고, 그로부터 칠 년간 같은 집에 살았다고 합니다. 그러던 중에 마지가 마을로 놀러 온 요트 사업계의 부호와 바람이 나서 가출하는 사건이 발생했는데 마지는 그에게 이혼하자고 조르다가 아예 다른 나라로 이사를 가 버리는 바람에 둘은 서류상에서는 여전히 부부인 셈이 된 거죠. 이 남자는 그 후 술에 의존해 살다가 알코올 중독자가 되어 버렸는데, 그 사이에 우울증과 신경증을 알고 있던 테스가 그 집에 들어와 살게 되면서, 사실상 아이의 어머니 노릇을 하기 시작했다고 했습니다. 원래 선량했던 그녀는 알코올 중독자가 된 이 남자와 어린아이의 뒤치다꺼리를 하기에 정신력도 체력도 부족했고 게다가 그녀는 그의 정식 부인이 아니었으므로, 여러 가지 곤란한 일이 많았고, 그녀는 이웃에게 얼굴을 내비치는 일도 없었다고 했습니다. 그러다가 이 커플 사이에도 남자아이가 생겼으니, 그 아이가 죠지였어요.

테스에게 죠지는 전부나 다름없었습니다. 그럼에도 불구하고 그녀는 한

번도 유치원이나 공원에 얼굴을 비치지 않았으므로, 한나는 바로 옆집에 사는 테스를 한 번도 본 적이 없었던 것이었죠.

레모네이드 한 잔을 앞에 두고 그녀의 앞집 이웃은 계속 말을 이었지만, 시간이 지나 한나는 쏘시를 데리러 가야 했으므로 나머지 이야기는 나중에 듣기로 했습니다.

☐

"그러고 보니 그날 아이가 이상했어요." 유치원 선생님이 말했다.

"아이가 눈이 부어서 왔는데, 서로 색깔이 다른 양말을 신고 왔어요. 아이가 부끄러워하는 것이 느껴졌어요…."

"알겠어요."

한나가 고맙다고 말하고, 쏘시와 함께 그녀의 차로 갔습니다. 그녀는 이날 오후에 아이가 좋아하는 팬케이크를 사 주려고 하거든요. 한나는 아이가 그 팬케이크 집을 무척 좋아해서, 그곳에선 아이와 이야기를 나눌 수 있다는 것을 알고 있었습니다. 다만, 그녀는 큰 코를 가진 주인이 조금 불편했는데, 그는 종종 쿵쿵거리는 소리를 냈고 보디랭귀지로 팬케이크 집에 오는 미인들을 유혹했어요.

커다란 팬케이크과 분홍색 딸기 크림이 나오자 아이는 색종이 찢는 것을 멈췄습니다.

그렇게 팬케이크를 먹을 때면 아이는 조용했고, 다른 아이들과 비슷해 보이기도 했습니다. 한나는 아이가 팬케이크를 다 먹을 때까지 기다렸다가 아이에게 물었습니다.

"쏘시. 죠지 알지? 같은 반의 잘생긴 남자아이 말이야."

쏘시는 고개를 끄덕였다. "죠지." 쏘시가 말했습니다.

"그래, 죠지. 쏘시는 그 애에 대해 어떻게 생각해?"

한나가 물었습니다.

갑자기 아이가 두 입술을 꼭 깨물고는 냅킨을 손으로 꼭 쥐었어요.

아이가 부들부들 떨고 있었습니다. 하늘색 치맛자락 위로, 닭똥 같은 눈물방울이 뚝뚝 떨어지기 시작합니다.

'얘가 왜 이렇지?'

한나는 생각했지만, 더 이상 아무것도 묻지 않고 서둘러 쏘시를 팬케이크집에서 데리고 나왔습니다. 아이가 그곳에서도 난동을 부린다면 안 될 일이었기 때문이었죠.

□

쏘시의 어머니는 여태껏 들었던 것을 닥터 베넷에게 다 말했습니다.

그녀가 말하기를 그치자 닥터 베넷이 말했습니다.

"내가 그 아이를 좀 만나 봐야겠어요. 무슨 일이 있는 것 같네요…."

"그렇게 해 주시겠어요?"

"학대받는 아이들을 돕는 것이 제 일이기도 해요."

"그렇게 말씀하시니 마음이 놓이네요. 사실 아이가 아주 어렸을 때였지만, 쏘시가 아프기 전에는 죠지와 놀기도 했었어요." 한나가 말했습니다.

쏘시와 함께 닥터 베넷이 권유한 찰흙 놀이를 하고 난 한나는 아이의 얼굴이 지저분하게 된 것을 보고, 자신의 얼굴을 거울로 살폈습니다. 자신의 얼굴 역시 묽은 찰흙이 튄 자국으로 엉망이었어요. 자신의 얼굴도 닦고, 아이의 얼굴도 닦은 한나는 쏘시와 눈이 마주쳤습니다. 닥터 베넷의 이야기가 생각났습니다.

"그 아이는 위기 상황에 처해 있었던 거예요…. 그러나 누구에게 도움을 요청할 때가 없었죠. 아이는 아직 유치원생이기도 했고, 집 안에는 술꾼인 아버지와 우울증이 있는 어머니 밖에는 없었으니까요…. 그런 위기감, 그리고 압박감이 쏘시에게 전이되었던 것 같습니다."

그 후 죠지는 복지부 산하의 아동보호 전문기관의 도움으로 보호를 받게 되었습니다. 그의 아버지는 알코올 중독자 모임에 등록을 했고, 그의 어머니 테스에게는 전문 상담가가 배정되었죠.

한나가 생각하기에 그 많은 체험 학습 중 오늘 한 체험 학습이 가장 좋았던 것 같았습니다. 그러고 보니, 쏘시가 하루 종일 무언가를 찢지 않은 것은 정말 오래간만이기도 하고요. 그제야 한나의 얼굴에 미소가 떠올랐습니다.

단편 소설
제4편

안식처 (그의 카렌시아)

"쉴 수 있어.
여기선 쉴 수 있다고."
그가 소리쳤습니다.

1

"이곳은 당신의 로망인가요?" 그가 물었습니다.

"나는 다른 곳에 나의 보금자리를 마련하고 싶어요….
이곳이 아늑하지 않다는 것은 아니에요….

다만, 이곳은 내가 있어야 할 곳은 아닌 것 같네요.

명백히, 이곳은 나의 부모님의 집이지, 내 집이 아니잖아요?"

"독립을 꿈꾸는군요, 당신은…."

"우리 세대의 젊은 사람들이 보통 그런 것처럼요. 아니면, 저는 새 직장이 필요한 것일지도 몰라요."

"마치 나의 어릴 적 친구처럼…."

"그녀는 세련된 도시에 직장을 구했어요. 세련된 일을 하죠. 광고 회사에서 일해요…."

"하지만, 당신은…."

"나에겐 청혼하려는 남자들이 있어요…."

"가령 선박회사의 경영자나, 수학 교수도 있었지요…."

"그들은 나에게 잘 대해 주려 해요. 내가 앞으로 뭘 하고 싶냐고 친절히 물어봤어요. 공부를 더 하고 싶으면 다시 학교에 보내 주겠다고도 했죠…."

"그런데, 뭐가 문제인가요?"

"나는… 오래 알고 지낸 사람이 있는데….

그 사람은….

나에게 뭐든 주겠다고 했어요….”

“음….” 그는 헛기침을 하고, 말했습니다.

“그런데요?”

그녀는 눈시울을 붉히며 말을 이었습니다.

“나는 그 사람을 기다리며, 정말 오랜 시간을 보냈어요. 그 사람이 내게 초대장을 보내면, 내가 다니는 살롱에서 머리도 하고, 예쁘고 단정한 옷을 입고 그 사람을 만나러 가길 기다렸어요….”

“그런데요?

그가 나타나지 않았나요?”

그가 말을 이었습니다.

“그 사람은 군인이에요. 은퇴한 장교 출신이죠….

내게 말했어요…. 에메랄드 반지가 좋은가? 아니면, 핑크 다이아몬드가 좋은가 하고요.”

“….”

"나는 선불리 이렇다 저렇다 하고 대답을 하지 않았지만, 생각을 해 보겠다고 했는데, 그는 선뜻 핑크 다이아몬드를 주고 싶다고 바로 말했어요….

그리고 며칠 후 에메랄드가 좋을까? 하고 연락이 왔는데, 그 뒤로 한 몇 달이 지나니, 또 핑크 다이아몬드 얘기를 꺼냈어요."

"몇 달이요?"

"흠…. 그 정도가 지났던 것 같아요.

그리고는, 내게 일을 간다고 하더라고요."

"일이요?"

"나는 그 일이 어떤 건지 잘 몰랐어요….

그런데, 그이는 나를 위해 그 일을 하러 간다고 했어요. 우리가 제대로 사귀기 전에 나를 안전하게 해 주고 싶다고 했어요…."

그녀는 거의 울먹거리며 말했습니다.

2

당신을 기억하는 법

"많은 사람들이 그의 앞에 나타났을 거야.

그런데도 그는 이 여자를 자신의 생에 각인시켜 놓았네….
그것이 무엇을 의미하는지 아는가?" 노인이 물었습니다.

"…."

"당신의 이름은 무엇인가?"

"나이트입니다…."

"나이트 경. 내가 10여 년이 흐른 뒤에 여전히 당신을 기억해 낼 수 있다
고 보는가?"

"아마, 케바케[1]가 아닐까요?
제 뒤로 또 다른 누군가를 만나신다면, 저는 잊힐 수 있다고 생각합니다."

"내가 나이트 경과 닮은 누구를 만날 것이라고 보는가?"

"그럴 수도 있겠죠…."

"당신은 재미있는 사람이구먼."
하고 노인은 껄껄 웃었습니다.

---

1) 케바케란 케이스 바이 케이스(case by case)의 줄임말로 이 시대의 은어이다.

3

나이트 씨는 다시 입을 열었습니다.

"내가 아는 한 그녀는 스트레스를 받고 있어요. 그를 그리워하며 기다리고 있었고요."

"자네가 그녀 옆에 있잖은가?"

"그녀는 나를 인식하지 못하는 거 같았어요…."

"나이트 경 자네를?
그럴 리 없을 거네…. 당신은 특별히 어떠하지는 않지만, 보기 좋은 상이지…."

"노인분, 나는 소속이 있는 사람입니다…. 가족도 있고요."

"….
그래, 자네. 건투를 비네. 나는 어디에 말뚝 박은 사람이 아니라….
허허…. 그저 바람길 따라가는 방랑자일 뿐일세…."

이렇게 노인과 헤어지고 나자, 나이트 씨는 그녀를 보러 발걸음을 옮겼습니다.

4

그녀는 그녀의 부엌에서 와인잔으로 찬 커피를 마시고 있었어요.

"…."

그는 짙은 커피 향을 맡을 수 있었습니다.

"와인이 떨어진 건가요?"

"나는 체질상 술을 즐길 수 없어요…."

"…."

"그런가요." 부엌의 진열장을 가득 채운 와인 병들을 보며 그가 말했습
니다.

5

기다림은 접혀진 꽃잎 한 장 한 장을 펴듯이.

가늠해 나갑니다….

핀다.
그리고 온다.

온다.
그리고 함께 있습니다.

이 모든 동안에.
이런 고대를 품은 기다림.

6

'그것들은 마치 성냥갑 같아. 아니면 가까이 모여 모이를 먹고 있는 비둘기 떼 같지.'

   그것으로 인해 불편함을 느낀 적은 없었습니다.
   사실, 그는 '아파트에 산다.'는 것에 대해서 특별히 이렇다 저렇다 싶은 점은 없었습니다.
   나이트 씨는 생각했습니다.

   단지 그 매무새가 닮았다는 거죠. 옆 동의 건물이, 또는 그 앞의 건물이,

그 모양들이 비슷했습니다.

그는 읽고 있던 책에서 잠시 눈을 떼었습니다. 한 줄이라도 더 읽으려 해 보았지만, 그녀가 해 준 이야기가 자꾸 생각나서 집중을 할 수 없었습니다.

그녀는 그의 애인이 당했다고 얘기했습니다. 그에게로부터 온 전화에 의하면, 그는 도움이 필요했습니다.

"에메랄드 때문이에요…. 그가 에메랄드 목걸이를 샀기 때문에 그들이 알게 된 거예요."

그녀가 말했었죠.

"그는 결코 허튼사람이 아니에요."

"내가 런던에 갈 때도 내가 여행에서 가장 중요한 게 뭘까?라고 물었을 때 '안전'이라고 말했어요…."

그녀가 눈물을 닦는 동안, 그는 생각을 정리합니다.

"그럼, 런던에는 그를 만나러 가신 거군요?"

"세심히 골라 몸에 맞춘 옷들을 꾸려 갔어요….

얼마 없는 내 금붙이들을 팔아서 꼭 맞는 것들을 준비해 간 거예요….

그랬는데….

…."

7

뚝. 뚝. 뚝 소리, 그리고 붉은 장미.
커다란 눈망울을 굴리는 이 소는 열정을 태웁니다.

붉은 천 조각이 펄럭이는데,
이 붉은 장미는
소가 이 세상에 태어나 본 것 중 가장 아름다운 것이었습니다.

8

"얼마나 더 가야 하죠?"
그녀가 물었습니다.

잠시 동안 그녀는 그날 새벽 동안 걸어온 거리를 가늠해 보았습니다.

흰 얼음과 눈이 펼쳐진 이 들판. 생생히도 차가운 새벽 공기에 나이트 씨
는 다시금 헐떡이는 숨을 가누었습니다. 그날 저녁에 그녀가 잠에 들었을
때에도 그는 썰매를 끌었습니다. 그만큼 그에게는 시간이 절박했습니다.
그는 알고 있었지요. 이 차갑고 황량한 곳 너머에 그곳이 있다는 것을….

나이트 씨는 가까스로 몸을 가누었습니다. 몇 날 며칠을 하염없이 그리

고 후회 없이 걸었어요. 그에게 지금은 도리어 찬 공기와 얼은 땅이 고마웠습니다. 그의 몸은 쓸데없는 투정도 부리지 않고, 과도한 긴장감이나 피로감도 없어 그저 평화로웠습니다.

그는 가쁜 숨을 고르고 있었고, 이제야 멀어진 그녀의 뒷모습이 그의 시야에서 점점 작아졌습니다. 그리고 그 언덕. 그녀는 해낼 것이라고 그는 믿었습니다. 저 언덕만 넘으면 되니까….
언덕 너머로 희미하게나마 그곳이 보이는 것 같았습니다.

그제야 '난 진짜 조금 쉴 때가 되었다.'고 나이트 씨는 생각했습니다.

그리고 바닥에 털썩 앉았습니다. 등을 기대고 앉을 만한, 가는 자작나무의 몸통이 고마웠습니다.
그는 언 땅 위에서나마 평안한 자세로 자리를 잡았습니다.
그의 가슴에 무언가 따뜻한 기운이 살포시 내려앉는 것 같았어요.

그의 안에 그 자신을 초월한 무언가가 그의 가슴을 어루만지는 것 같았습니다. 그것이 열망 같은 것이 아닐까? 하고 나이트 씨는 생각해 봅니다. 그리고 이내 그는 스스로 웃었습니다. 냉랭하기만 했던 나이트 씨가 바친 열정이라니. 문득 그녀가 옷을 푸른색으로 염색하고 있던 모습이 기억났습니다.
그의 가족들의 얼굴도 떠올려 봅니다.

그는 지그시 눈을 감았습니다. 후회는 없었습니다.

9

"마치 아이 같은 모습(frame)이 있었기 때문에, 그녀가 그 궁전에 들어
간 거야.

그런 거라고….

훤칠한 성인의 모습이었으면, 어림도 없었겠지."

이 문지기는 씩 웃으며, 자기 소유의 디캔터 안에 있던 진[2]을 한 모금 마
셨습니다.

"그런데 그는 어떻게 되었지? 그녀를 성까지 데리고 온 그 사람 말이야."

다른 문지기가 물었습니다.

"그는 그의 안식처에 들어갔지.

그때 그를 발견한 사람이 그렇게 얘기했다고.

그는 뭔가에 취한 사람 같았다고…." 문지기가 잠시 뜸을 들입니다.

"진짜…. 진짜 사랑 같은 것에 말이야…. 원, 혼자 알긴 아까워서…."

---

2)   진은 호밀 등을 원료로 하는 독특한 향이 있는 무색투명한 술 종류이다.

단편 소설
제5편

빨래

1

그녀는 그녀의 문장을 물에 남그고, 오염을 지우고, 햇볕에 잘 말린 뒤에 깨끗하게 펼쳐 각 시접에 맞추어 다려 놓고 싶었다.

생각을 정리하고 글을 정돈하다 보면, 글은 간결하고 뜻은 정갈해졌다. 정성스럽게 다린 깃이 날렵한 셔츠 같다. 꼭 맞는다. 그러면, 그녀는 그게 그렇게 개운할 수 없었다.

그리고 나면 간결하게 압축한 용어로 옷걸이의 훅을 만들고, 그 옷걸이에 문장이라는 옷 몇 벌을 걸어 두고 싶었다. 물론, 라인이 심플하고 잔잔한 디테일이 우아한 것들을 말이다.

그녀에게 있어서는 글을 쓰는 것은 빨래를 하는 것과도 같았다. 일상적인 글감들이 쌓인 하루의 일과가 그녀의 글을 깨웠다.

그러다 보니, 어떤 때는 티타임 때 올라가는 세심하게 고른 디저트 한 조각 같은 글을.

어떤 때는 한결같은 패턴으로 조심스럽게 짠 편물 레이스 같은 글을.

또, 그녀의 작은 뜰에 핀 장미꽃 한 떨기 같은 글을 썼다.

그러다가 창가로 비추어지는 익은 햇살이 해질녘을 알리기라도 하면, 그녀는 빈 마음의 주인의 숭고하고 고귀한 한 줄의 기도문처럼, 그런 진실함을 담은 담박한 어구들을 간절히 원했다.

'이런 건, 욕구가 아니야.'

그녀는 스스로에게 말했다.

그러고 나니 어떤 아련함이 솟구쳐 오른다.

그녀는 그녀의 약점인, 독하지 못한 여린 마음 사이로 완벽하지 못한 문장이 나가는 것을 경계해야 했다. 하지만 그녀는 선하지 않은 뭐 묻은 마음으로 쓰는 글은 더 싫었다.

2

어느 화창한 날이었다.

그녀는 여느 때와 같이 그녀의 글들을 책상 위에 놓아두었다. 그리고 그 주에는 그 글들의 토시 하나에도 손을 대지 않았다.

그녀는 단지 그녀의 글들이 익기를 기다리고 있는 중이었다.

와인을 숙성시키는 데 필요한 것이 시간뿐이듯 아무런 가미 없이 그녀의 작품이 거기에 있도록 그렇게 그냥 놓아둔 것이다.

너그러운 햇살이, 그리고 지대가, 그러한 종류의 사람들과 함께 그녀의 글의 존재를 용인하는 것은 마냥 고마운 일이었다.

그러면서 그녀는 어느 문장의 미사여구가 어찌하여 숭고하지 못한 것을 담고 있다면, 그녀를 둘러싼 자연이 그녀에게 알려 줄 것이라고 생각했다.

그렇게 글들이 햇빛 아래 뽀송하게 마르고 나면, 그제야 그녀는 그녀의 문장들을 돌아보았다.

3

그녀는 게다가 또렷하고 아름다운 운율과, 민트같이 입안을 시원하게 감도는 뒷맛이나, 진하게 우린, 쌉쌀하고 건강한 약초차 같은 끝 맛이 있는 글을 원했다.

논리적인 의미의 연속인 글에도 내용을 암시하는 박자와 리듬이 있고, 색이 있고, 맛이 있다고 그녀는 느꼈다. 원숙한 글에서 느껴지는 풍만함이란!

아침의 상쾌함이 그녀의 의욕을 돋우었고, 여느 때처럼 문장들을 살펴고 있는 그녀는 뿌듯함까지 느꼈다.

'잡초로 무성했던 정원이 정리된 것처럼, 다듬어진 문장은 알아차려지게 되기 마련이지….'

'잘 여문 알곡 같은 문장 역시 깊은 고뇌와 지적 노동의 산물인걸?' 그녀는 쭉정이 문장들을 솎아 내며 생각했다. 좋은 문장들과 약간 좋은 문장들, 그리고 시시한 문장들은 그 온도부터 달랐다.

끓는 문장 안에는 그녀가 이해할 수 없는 야만적인 면이 있었다. 하지만, 뜨겁다면! 그녀는 뜨거운 문장 앞에서는 숙연해졌다. 무언의 눈물과 땀과 희생이 녹아 있다.

열정이 소모된 글이라면!

그리고 그녀는 생각했다. 그녀의 글이 언젠가는 어린아이의 입에 넣어 주는 부드러운 이유식이나 곱게 늙은 여인의 무릎을 덮어 주는 퀼트 천 이상이 될 수 있을까? 하고….

하지만, 그녀 자신과 같은 숙녀가 어떤 광기 어린 천재처럼, 끓는 열정으로 형식의 구속 없이 마냥 이탈할 수만은 없는 노릇이었다.

'아니지. 그럴 순 없지. 얼빠진 미치광이가 될 순 없어.'

그녀는 조심히, 아주 살며시 일어나서 의자에 걸쳐 놓은 그녀의 숄을 둘렀다.

4

그녀는 집 앞의 작은 뜰을 거닐며 생각하기 좋아했다. 그녀가 산책을 하며 생각해 보니, 그녀가 글을 쓰는 작업을 멈춘 지 벌써 일주일이 넘었다. 그동안에 그녀가 이불 빨래만 몇 차례나 했는지 모른다. 옷가지들과 집에 있는 천, 이불들을 모두 빨고 나자 할 일이 없어진 그녀는 곧 자신이 게으르다고 느끼기 시작했다.

그녀는 자신이 게으르면 안 된다고 생각한다. 게으른 문장들이 혹여나 작품 전체의 색깔이 되어, 의미나 느낌이 고착되는 것을 염려했다. 그녀는 확실히 나근나근한 편이었지만, 게으르지는 않다고 생각했다. 이런저런 의미에서 그녀는 새로 이사 온 이웃을 집에 초대하기로 했다.

그녀의 새 이웃은 성공한 커리어 우먼으로, 이른 나이에 은퇴해서 교외 생활을 즐기려고 이사를 했다고 했다. 그녀가 이런 새 이웃과 좋은 친구가 될 수 있을지는 아직 미지수였지만, 그녀는 미리 실망하고 싶지는 않았다. '그가 어떤 사람이던지 취향과 견해를 가지고 있겠지. 새로운 호라이즌이 열릴지도 몰라. 즐거운 시간이 될지도 모르지…'라고 그녀는 생각했다.

그녀의 이웃은 약속 시간보다 두 시간이나 늦는다고 연락을 했다.

그래서 그녀는 공상을 좋아하는 타입은 아니었지만, 생각을 하기 시작했다.

'네모난 상자 안에서 사는 아이가 있다고 하자. 이 아이가 글을 쓴다면, 네모난 상자에 관한 글을 쓰겠지. 네 귀퉁이에 대해 자신이 아는 모든 걸 쓸 거야…. 그게 재미가 있을까 싶지만. 누군가에게는 흥미로운 이야기가 될 수도 있겠지…. 나는 교외 생활을 오래 했으니…. 그녀는 내가 모르는 뭔가 흥미로운 것을 알고 있을지도 몰라. 새로운 모던 매너를 가르쳐 줄지도 모르지….'

마침내 도착한 그녀의 이웃은 호리호리한 작은 체구의 여자였다. 몸에 딱 맞는 원피스와 재킷, 절제된 장신구가 세련되어 보였다. 그녀는 사무적인 말투와 모습으로 부산을 떨긴 했지만 사교적인 여자였다. 얼굴에 띤 웃음이 자신감 있게 보인다. 그녀는 공인중개사로 일했다고 했다. "저 언덕가에 새로 주택가가 생기고 있는데, 그쪽으로 이사하고 싶어 하는 분들이 많아요…. 신식으로 지어졌는데, 해가 잘 드는 동향집이 대부분이에요."

그녀가 교외 생활을 즐기러 이사한 것이 아니냐고 묻자, "이 정도는 일하는 것 같지도 않아요. 교외 생활은 충분히 즐기고 있다고 생각해요."라고 답했다. 그녀의 새 이웃은 도자기를 굽는 공방에 등록했고, (그녀가 몇년 동안이나 이 지역에 있으면서도 몰랐던 곳이다). 북클럽에도 나가고, 골프도 친다고 했다. 그의 남편은 도시에 있을 때에는 가우트라는 병으로 아팠었는데, 남자들의 요가인 브로가와 피톤치드 케어로 건강을 찾은 뒤, 이곳에서도 요가와 산책에 열을 내고 있다고 했다. "그이는 교외 분지에다 편백나무를 좀 심고 있어요. 처음에는 스무 그루 정도를 심겠다고 했었는데, 어쩌다 보니 천 그루가 넘었어요. 호호호." 약 두어 시간 수다를 떨던 그녀의 이웃은 골프를 치러 가야겠다고 자리에서 일어났다. 어떤 은퇴한 국회의원과 약속이어서 빠질 수 없다면서…

5

새 이웃은 어떤 맥락으로든지 그녀를 동요시켜서, 그녀는 더 부지런히 글을 쓰기로 마음먹었다. 건강한 시골 여인의 호흡과 맥이 글을 만들어 냈고, 건전한 어구들과 문장들이 조약돌마냥으로 다듬어질 때까지 그녀는 기꺼이 일을 했다. 이 노동의 대가로 그녀는 멋진 문장들을 꽤 얻을 수 있었지만, 종종 쓰는 일에 지친 그녀의 글들에서는 종달새나 지빠귀, 빈티지 토분이나 찔레꽃 등 그녀의 주변의 사물들이 불현듯 출현했기 때문에 그녀는 다시 많은 시간을 들여 그녀의 글을 다듬어야만 했다.

그녀의 이웃이 다시 그녀를 방문했다. 그때 그녀의 이웃은 값이 꽤 나가는 명품 가방을 들고 왔다. 새 가방의 또렷한 색감과 아우라는 눈이 부실 정도였다. "가방이 예쁘네요." 그녀가 마침내 입을 열자 그녀의 새 이웃은 약 두 시간 동안 가방에 대해서 떠들었다. 사기에도 어려운 이 가방을 어떻게 갖게 됐는지. 그리고 그들이 어떻게 이런 고급 가죽과 징 장식들로 가방을 만드는지 이야기했다.

"나는 우리 여자들이 매우 비싼 가방을 사면서 만족을 얻는 게 신기하지 않아요. 우리는 오늘을 제대로 살고 싶었던 거잖아요. 또 오늘은 앞으로의 날 중 가장 젊은 날이니까 젊음을 제대로 누리고 싶은 것 아니겠어요?"

그녀의 이웃은 잠시 그녀의 빈티지 스타일의 옷을 쳐다보더니 말을 돌렸다.

"음~ 이 크림 키쉬 정말 맛있네요. 직접 만든 거예요? 이거 팔아도 되겠어요."

"그 정도까지는 아니에요."

"내가 키쉬를 이렇게 맛있게 만들 수 있었다면, 나는 팔았을 거예요."

"…."

그녀의 이웃이 돌아간 뒤 그녀는 생각에 잠겼다.

'팔려고 글 쓰는 거 아니에요?'

그녀의 이웃이 이렇게 말한 것만 같았다.

6

"앗, 이런."

붉은 딸기 물이 그녀의 빈티지 블라우스를 적셨다.

그녀는 얼른 블라우스를 벗어 물에 담갔다.

'그러고 보니 입을 옷이 없는걸. 겸사겸사 빨래를 좀 해야겠다.'

빨래할 때를 아는 것처럼. 혹은 빨래하는 날을 정하는 것처럼 쇄신의 템포를 알 수 있으면 좋으련만… 하고 그녀는 생각했다.

"특별히 출근하거나 하는 게 아니면 무얼 하시죠?"

이웃집 여자가 뜨거운 차를 마시며 물었다.

"이것저것이요."

"그래요. 이것저것. 집에서요?"

"네, 그래요. 나는 명상하고, 글 쓰는 걸 좋아해요. 자아 성찰의 시간이 없다면, 쇄신의 기회도 없죠."

"그런 일에는 기준도 없잖아요." 이웃집 여자가 말했다.

"새로운 점들이 있죠." 그녀가 답했다.

"아, 그렇군요…. 어! 벌써 시간이 이렇게 됐네. 차 잘 마셨어요. 그럼 전 이만 가 볼게요. 도자기 수업이 있어서요…."

이렇게 말하고 그녀의 이웃이 돌아간 뒤 그녀는 또 생각했다.

그녀가 하는 일에는 새로운 요소들이 확실히 없진 않았지만, 그녀는 멋진 페르소나의 주인공을 발굴하거나, 판타지 안 새 부족들의 역사를 써내려 가지는 않았다. 그녀는 그저 근근이 빨래를 하듯이 글을 쓰는 것뿐이라고 생각했다.

'나는 그 템포들을 아니까….' 그리고 그녀는 보통 때와 같이 글감을 빨고, 문장을 말리고, 그것들을 옷걸이에 걸었다.

7

그녀의 이웃이 다시 그녀를 방문했을 때, 그녀는 이불 빨래 중이었다.

그녀의 이웃은 안이 비치는 하늘하늘한 블라우스에 진주 목걸이를 하고 있었다.

그녀의 이웃은 그녀가 새 주택가에 나온 새집으로 이사하는 것에 대한 생각을 물어봤다. 그 집이 자리도 좋은데 주변 집값에 비해 굉장히 저렴하다고 했다.

그 집은, 이웃집의 그녀에 의하면, 거의 완벽한 집이었다.

그녀는 이사하려는 마음은 거의 없었지만, 고개를 끄덕여 보였다.

그렇게 해서 이웃집의 그녀와 보러 간 새로운 주택가에 있는 그 집은 새집이었고 예뻤지만, 그녀의 설명보다 실망스러웠다. 우선 자재는 구식이었고(완전히 신식이 아닌 것처럼 느껴졌다.)… 좀 덤덤하다고나 할까? 특별히 명쾌하거나 활발하거나 하는 그런 매력이 없었다. 그냥 집이었다. 그녀가 그 안에서 열심히 빨래를 하는 모습이 그려지는 그런 집이었고, 그녀의 새 이웃과는 좀 떨어진 곳이었다. 그녀는, 낡았지만 길이 든 주택을 버리고 이런 곳에서 살고 싶지 않았다. 단지 그녀가 기억하기에 다음으로 그녀가 해낸 일은, 꽤 열심히 그녀의 동정을 살피는 그녀의 새 이웃에게 엷은 웃음을 지어 보인 것이다.

단편 소설
제6편

버드 와쳐와 춤을

"사람은 다르다."

민석 씨는 보통의 그로 돌아와 중얼거렸다.

'윤주 양이 이 소리까지 듣지는 못했겠지.' 그가 생각했다.

이날은 그가 그녀와 헤어진 날이었다.

윤주 양은 상당히 매력적인 편으로, 성격도 좋았고, 매우 여성스러웠다.

이런 그녀를 거부할 만한 남자가 있을까. 게다가 둘은 결혼 적령기에 만나 꽤 오래 사귀었었다. 아무 문제없이 말이다. 민석 씨는 그 자신이 문제라고 생각했다. 그녀는 매우 특별했다. 그의 변명이 아닌, 그와 윤주 양의 실제의 만남과 연애 이야기는 이렇다.

민석 씨가 어떻게 윤주 양을 처음 만나게 되었냐 하면, 이야기는 십오 년 전으로 돌아간다.

민석 씨는 윤주 양이 학생일 때, 그녀의 영어 과외 선생님이었다.

조용한 이층 전원주택에 사는 윤주 양은 유독 흰 얼굴에 지독히도 수줍음을 타는 여학생이었는데 학교 수업이 끝나면, 이 학원 저 학원, 학원 수업이 끝나면 과외, 그리고 독서실, 토론 클럽 등등 스케줄이 빡빡한데다가 여기저기로 이동할 때도 항상 가족 차량으로 그녀를 픽업했으므로, 사실상 그녀의 스케줄에 의하면 그녀에게는 별다른 휴식 시간은 없는 것 같았다.

그래서 이 주말 오후는 특별했다.

윤주의 모: 윤주야, 엄마. 잠깐 나갔다 올게. 공부하고, 저녁 먹고 있어.

윤주: 네, 엄마~.

들고양이: 이야옹.

윤주의 모: 이놈의 도둑고양이. 저리 가. 저리.

탈칵. 정문 닫히는 소리, 그리고 정적이 감돈다.

민석: 자, 오늘은 동명사에 대해 공부해 볼까? 지난 시간에 뭐가 헷갈린다고 했지?

윤주: …헷갈리는 거 없어요.

학원에서 공부했거든요. 단어 시험은 내일 보면 되니까 오늘은 놀면 안 돼요?

민석: 놀고 싶다고?! 그건 윤주 너답지 않은데…. 무슨 일이라도 생긴 거야? 갑자기 학우 남학생한테 꽂히기라도 한 거니?

윤주: 그런 거 아녜요. 선생님은…. (얼굴이 붉어진다) 선생님, 그냥 저랑 같이 좀 걸으실래요?

그렇게 민석 씨는 고등학생인 윤주 양과 함께 동네의 작은 공원을 산책하게 되었다.

윤주: 선생님…. 어머니께 말씀드리지는 않았지만, 전 아마 의사가 되지 않을 거예요….

민석: 뭐? ○○대 의대에 들어가는 게 윤주의 목표 아니었어?

윤주: …. ○○대는 맞는데요…. 다른 과에 들어가고 싶어서요…. 계획도 철저히 짰어요. 수리 영역에서 두세 문제, 그리고 언어 영역에서 두세 문제 더 틀리고, 영어 영역에서….

민석: 이런, 이런. (철없는 녀석 같으니라고) 뭣 하러 어렵게 공부해 놓고 일부러 틀려? 그러지 마라. 그러다가 잘못 삐끗하면 선생님 꼴 나요. 반수가 쉬울 줄 아니? 반수든 재수든 얼마나 힘든데…. 왜 그러는 건데? 뭐가 하고 싶은 거야…?

윤주: 버드 와처요.

민석: 버드 와쳐?

윤주: 조류학자요.

민석: 뭐라고?

윤주: 저는 어릴 때부터 새를 좋아했어요. 걔들이 우는 소리만 들어도

저는 새들이 배가 고픈지 짝을 찾는지 노래하는지 알 수 있어요.

　민석: ….

　윤주: 게다가 전 그런 쪽으로 촉이 빠르거든요…. 새들이 눈만 깜빡여도 알고요. 그들의 목소리도 다 들려요. 얘들이 머리가 없는 게 아니에요. 그들의 방법으로 커뮤니케이션을 하는데 상당히… 뭐랄까? 효율적이죠. 네, 인간의 말보다 더.

　뜰 앞에 있는 소나무 가지 사이로 까치가 날아와 앉는다.

　그전까지는 민석 씨에 눈에 들어오지도 않았던 생물. '저게 까치가 맞지?' 민석 씨가 속으로 생각했다.

2

　약 5년 전

　명동의 길거리에서.

　"어, 민석 쌤~."

　낯선 여자가 민석 씨 앞에 눈을 반짝이며 서 있다. 옅지만 특이한 문양의 스카프가 구슬 목걸이와 잘 어울린다. 유행과 상관없이 세련된 모습이다.

　낯선 여자: 쌤, 저 기억 못 하세요? 윤주요. ○○대 생물학과 정윤주요.

　민석: 아~ 윤주. 기억나지. 너~ 많이 컸네. 못 알아보겠는걸.

윤주: 그럼요. 벌써 10년이 다 되었는데요. 민석 쌤은 멀리서도 딱 알아
보겠는데요. 하나도 안 변하셨어요. 호호.

윤주: (같이 있는 여자에게) 나 고등학교 때 과외 선생님이셔. (소곤소곤)

같이 있는 여자가 떠난다.

윤주: 이렇게 만났는데, 같이 차라도 마실래요?

(활기차게 이야기한다.)

민석: 명동은 무슨 일이니?

윤주: 친구가 이 근처에서 일해요. 놀러 온 거예요. 선생님은요? 잘 지내
셨죠? 호호호. 넘 신기해요. 선생님을 여기서 만날 줄이야. ○○대학 들어
가면 밥 사 주겠다고 해서 놓고…. 제가 학교 붙은 다음 선생님한테 연락
했는데 안 되더라고요.

민석: 아…. 어학연수 좀 다녀왔지…. 이거 미안한데….

윤주: 아니에요. 쌤. 이렇게 다시 만났잖아요~.

3

약 3년 전,

핸드폰 벨이 울린다.

민석: 어디로 오라고?

전화 속 여인: 내가 자기한테 보여 줄 게 있어. 그쪽으로 나와. 알았지?

민석: 무슨 일이지? 이런 추운 날에….

민석: 정윤주. 거기서 뭐하니?
(추위로 얼굴과 귀까지 빨개진 민석 씨가 투정하듯 말한다.)

윤주: 쉿. 저기 저 새 보여? 부리 끝이 노랗게 보이는 저기 저 새.
민석: 뭐? 어디?
윤주: 저기 저 끄읕에….
민석: (쌍안경을 들고 윤주 양이 손가락으로 가리키는 곳을 본다.) 오. 아, 그래 보인다. 진짜 부리가 좀 특이하네.
윤주: 저게 노랑머리저어새야. 예쁘지?
민석: 혹시 저거 보자고 여기까지 불러 낸 거야? 강바람이 이렇게 차가운데…. 콧물까지 나려고 하잖아.
윤주: 미안, 민석 씨. 그러고 보니 민석 씨 옷을 얇게 입고 나왔네…. 호호. 미리 말해 줄 걸.
민석: 됐어. 새 봤으니 그만 가자.

윤주: 어머, 정말. 이러기야? 내가 저걸 보려고 얼마나 기다렸는데….
사진 볼래? 내가 찍어 놓은 거야.
민석: 이따가 보자. 여기 너무 춥다.
윤주: 알았어. 으그. 그만 철수하자.

4

그날 이후로 감기에 걸린 민석 씨를 보러 윤주 양이 민석 씨 집에 왔다.

윤주: 오빠, 미안. 많이 아파?

민석: 아니, 됐어. 뭣 하러 여기까지 왔어. 감기 옮으면 어떡하려고….

윤주: 난 괜찮아. 이것 봐. 어제 찍은 사진이야. 너무 예쁘지 않아? 참, 엄마가 민석 씨 먹으라고 밑반찬 좀 보냈어. 간장게장하고 삭힌 고추 등이야.

민석: 난 괜찮은데…. 뭘 이렇게 많이 싸 주셨대?

윤주: 그렇지? 내가 그렇게 말했다니까…. 소용없어. 우리 엄마 고집. 민석 씨도 알잖아. 뭘 바리바리 싸 주시더라고. 이것 봐. 매실 장아찌도 있어.

윤주 양이 가지고 온 반찬들을 냉장고에 정리하기 위해 부엌으로 사라졌다.

잠시 후 나타난 윤주 양, 막 지은 따뜻한 밥과 여러 가지 반찬으로 차린 밥상을 가지고 온다.

침대에서 저녁 식사를 하고, 함께 TV를 보던 민석 씨가 하품을 했다.

윤주: 민석 씨 졸린 가 봐.

민석: 좀 그래. 약 기운 때문인가.

윤주: 그래. 그럼 나 갈까? 오빠 좀 쉬어.

민석: 아냐. 뭐, 그렇게까지 졸리진 않아. 저건 뭐야? 저기 쇼핑백 안에

든 거?

　윤주: (얼굴이 붉어진다.) 이거 내가 주문한 거야. 볼래? 호호호.

　민석: 뭔데 그래?

　윤주가 쇼핑백 안에서 꺼낸 것은 긴 새 부리 모양의 가면이었다. 노란 종이로 만들어진 이 새 부리는 고무줄이 달려 있어서 얼굴에 쓸 수 있게 만들어진 것이었다.

　민석: 우하하하. 이게 뭐야?

　윤주: 비웃지 마. 내일 유치원에서 쓸 거야. 아이들한테 야생의 새들에 대해 가르쳐 주기로 했다고.

　민석: 근데. 이건 좀 웃기다. 이런 걸 꼭 써야 된대?

　윤주: 당연하지. 그뿐만이 아니라고. 이것 봐 봐.

　윤주 양은 과감히 새 부리 가면을 쓰더니, 새가 날개를 푸덕이는 것마냥 두 손으로 날개 치는 모습을 흉내 낸다. 너무 진지한 윤주 양의 날갯짓에 민석 씨는 웃을 수가 없었다.

　윤주: (푸드덕거리며, 자리에서 몇 바퀴 돌더니) 내가 당신한테 뭐라고 하는 거 같아?

　하염없이 움직이는 모습이 마치 춤을 추는 것 같았다.

동양의 이사도라 던컨이었다는 최승희의 학춤이 연상되었다. 손끝으로 푸드덕푸드덕 날아오르려는 새의 날갯짓을 흉내 내는 모습이 진지하기만 하다.

윤주: 뭐야. 그 표정은? 괜찮은 거 맞아?

민석 씨는 간신히 "어."라고 대답했지만, 말문이 막히는 것 같았다.

그의 안에 자고 있던 어떤 감각이 깨어난 것 같았다. 손가락 끝에서는 짜릿한 기분이 들고, 손의 움직임이 섬세해지는 것 같았다. 약 기운 때문일 것이라고 민석 씨는 혼자 변명했다.

5

하지만, 그날 이후, 민석 씨는 확실히 무언가 바뀌었다. 새라는 생물이 보이기 시작했고, 새들의 지저귐. 서로 다른 목소리가 들렸다.

새와 눈이 마주치면 부리 앞에 솟은 털이 푸르르 떨리는 것이 보였다.

그러는 와중 여느 때처럼 아침에 집 앞 학교 운동장을 돌던 민석 씨는 축구 골대 옆에 누워 있는 범상치 않은 새를 발견했다. 일반적인 비둘기 크기였지만, 짙은 청록색 깃털하며 얼굴 부리 쪽에 있는 둥근 혹들이 일반적인 새들과 달라 보였다. 이것이 윤주가 말하던 그 천연기념물과 같은 귀한 새 아닌가. 마음이 두근거리고, 힘없이 처져 있는 새에게 연민의 마음까지

들었다.

이렇게 생각하자 자신도 무언가 해야만 할 것 같았다. 회사 출근 시간이 빠듯했지만 민석 씨는 근처에 있는 꽃집에서 작은 상자를 얻어 새를 뉘었다.

그리고, 윤주 양에게 연락을 했다.

"뭐라고? 천연기념물? 그게 어떻게 거기 있지? 내가 금방 나갈게. 조금만 기다려, 오빠."

10여 분 뒤에 정말로 윤주 양이 달려왔다. 양손에 든 쇼핑백을 보니, 오늘도 유치원에서 발표회가 있는 것 같다. "민석 씨 잠깐만 이것 좀 들고 있어 봐." 하고 쇼핑백을 맡긴다.

"정말 특별한 거지? 이게 이름이 뭐니?"

민석 씨는 새를 관찰하고 있는 윤주 양에게 말했다.

그런 민석 씨를 돌아보며 그녀는 웃었다.

"이건 그냥 일반적인 비둘기야."

그녀가 말했다.

"이게 일반적인 비둘기라고? 색이 이렇게 짙은데? 게다가 이렇게 혹도 있고?"

"그건 일종의 신생물 같은데…. 비둘기가 병에 걸린 것 같네…."

순간, 머리를 맞은 듯이 멍한 기분인 민석 씨는 갑자기 안달이 났다.

"나 옷 갈아입고, 회사에 가 봐야 해. 나 먼저 가 볼게." 하고 윤주 양을 뒤로하고 학교 운동장을 나왔다.

6

그가 윤주 양의 쇼핑백을 잊어버린 것은 그가 너무 서둘고 있었기 때문이다.

드디어 회사에서 집으로 돌아온 민석 씨는 그제야 윤주 양의 새 모양의 탈을 자신이 가지고 온 것을 깨달았다.

그리고는 그 안에 든 새 부리 가면을 스스럼없이 써 본다. 문득 생각난 새의 울음소리도 흉내 내고, 그 날갯짓도 섬세하게 표현해 본다.

'내가(지쳐서)? 미쳤나.'

하고 TV를 켰다. 윤주 양이 보는 유튜브 다큐멘터리 프로그램이 켜졌다. 하늘 위의 학들이 무리 지어 퍼덕이고 있었다.

그게 전부였다.

그는 이날 윤주 양과 헤어지게 되었다.

그는 그녀와 걷곤 했던 공원 길을 걷고 있었지만, 더 이상 새들의 움직임도 지저귐도 느끼지도 듣지도 못했다. 그렇게 그는 기꺼이 군중의 일부가 되었다.

단편 소설
제7편

모범이 될 만한

"신사, 숙녀 여러분! 이제 모두 자리에 앉아 주시기 바랍니다. 쇼가 이제 곧 시작됩니다."

어수선함. 다들 분주히 그들 자신의 자리로 돌아가 앉는다.

그러자 곧 검은색 신사 모자를 든 남자가 무대로 오른다.

옆 좌석으로는 아는 얼굴이다. 반갑게 인사를 건네어 보자.

"언니, 왔어요? 진짜 오랜만이네요."

"쉿~." 다른 옆 자리의 어느 여자가 금세 참견한다. 검지 손가락을 세워 입술에 댄다.

"그간 잘 지내셨어요?" 마지못해 속삭인다.

"너 나 방송하는 거 안 봤구나. 나 ○○홈쇼핑 채널에서 계속 일했는데…."

핀잔처럼 들리는데. 잠시 생각해 본다.

"아…. 언니 그 파김치 파는 거 봤어요."

이건 사실이다.

"그래…? 넌? 잘 지냈니?"

"전 뭐…. 네. 그럭저럭 잘 살았어요."

"그게 무슨 말이니? 아직 방송 못 해 봤구나~. 너."

흡. 정곡을 찌르셨다.

"언니는~ 여전하시네요."

완전한 칭찬 말은 아니다.

"그래. 정신 바짝 차리고 살아. 왜 너 그때 앞머리 숱 적다고 간 애 있지? 걔 지금 ○○방송 리포터로 일하잖아. 결혼도 했다던데? 넌 결혼 안 했지?"

얼굴이 붉어진다.

하연은 무대로 시선을 돌렸다.

마술쇼 같은 걸 하는 것 같다. 색색한 종잇조각이 무대 위에 막 날린다. 앞줄에 앉은 여자들이 기겁해서 소리를 지른다. 뒷줄의 여자들도 웃으며 박수를 쳤다.

연말 쇼호스트 및 리포터 방송인 모임 자리에서 하연은 몇 안 되는 방송인이 아닌 청중이었다.

"이따 저녁이나 같이 먹자." 진짜 쇼호스트 언니가 툭 친다.

"예, 언니."

마침내 자리에 앉는다.

마술쇼가 끝나고 방송인들의 개인 장기자랑이 끝난 후 그날의 마지막 이벤트로 선물 추첨식을 하는데, 언니는 하연을 끌고 밖으로 나와 근처의 초계국수 집으로 데려갔다.

"이거 어디 옷이야?"

"○○브랜드요. 목걸이는 동대문 시장에서 산 거고요."

"얘 좀 봐. 그렇게 입으니까 찐 방송인 같다. 호호호."

이렇게 띄워 주신다.

"아이. 언니는요. 제가 무슨."

"너 리포터 한다고 안 했어? 어디 기획사에 연락해 본 적 없니?"

"아니요. 언니."

"으그. 제 밥그릇 하나 챙길 줄 몰라서…. 넌 벌써 오 년째 아니니?"

"예. 직장은 작년에 구했어요."

"아, 그래?"

"방송 일은 아니고요."

"그래? 국수 먹어라. 면 불라."

"예, 언니."

1

"언니, 진짜 잘하시네."

"필요도 없는 에어드레서 막 사고 싶어지고."

아이스크림을 숟가락으로 퍼 먹으면서 TV 앞에 앉은 하연은 파자마 차림이다. 지난번에도 언니가 콜라겐 팔 때 혹해서 지른 하연이었다. 쇼호스트들은 의례 다 그런가.

"각질을 수분으로 청소한다.", "바르는 것보다 먹는 것이다." 등등의 말들. 물론, 하연을 혹하게 만드는 그런 멘트들 말이다.

그날 주말 저녁은 또 그렇게 지나갔다.

"쌤, 쌤!?"

"무슨 생각을 그렇게 하세요?"
"예?"
"아, 아무것도 아니에요…."
"이제 수업 들어가 봐야 하는 것 아니에요?"
하연이 구한 직장은 시간제 강사 일이었다.
그녀는 아이들에게 영어를 가르쳤다.
"네, 선생님."
수업 자료들을 주섬주섬 챙긴다.
'수업 가야지. 그럼.'
일주일에 두 번 있는 이 수업이 그녀를 깨웠다. 남는 시간에 그녀는 임용고시도 준비하고 있었다.
분홍 스웨터에다 홈쇼핑에서 구입한 귀걸이를 찰랑이며 하연은 서둘러 발걸음을 옮겼다.

2

하연은 자신의 또래인 국어 선생님과 친해져서 점심을 같이 먹고, 운동
장 한편에 있는 벤치에 앉았다. 두 선생님 다 종이컵에 담긴 따뜻한 믹스
커피를 홀짝였다. 국어 선생님인 그녀의 이름은 박수진이었는데, 전형적
인 선생님의 모습이었다. 그녀의 부모뿐 아니라 사촌, 고모 형제 모두 교
사라고 했다.

"유학했다고 했죠?"

수진 쌤이 묻는다.

"아, 예. 캘리포니아 쪽에 조금 있었어요."

"와, 멋져요. 미국에서 공부했다니."

"아. 별거 아니에요."

하연이 얼굴을 붉혔다.

"엄마들이 애들 영어 발음 좋아졌다고 엄청 좋아하시던데요."

"그 반 애들 알잖아요. 저학년 반 아이들인데 무척 개구쟁이들이에요. 그
런데 어머님들은 깐깐하시고요. 부장님이 하연 씨 좋게 보는 거 아시죠?"

"애들 좋아해요? 하연 씨는?"

"네? 저는…."

하연이 잠깐 고민한다.

그리고 밥을 다 먹은 아이들이 축구를 하며 노는 모습을 물끄러미 바라

보았다.

3

"야. 한잔해. 한 잔 더 하세요. 하연 씨도…."

하연은 얼굴이 빨개졌지만, 다시 한 잔을 받았다.

○○방송국의 사장이었다고 하는 분이 거하게 취해서 2차를 치킨집으로 왔는데 많이 취하신 모양이다. 옆의 동생뻘 되는 아가씨에게 자연스럽게 말을 건넨다.

"뭐 한다고 했지?"

"○○회사 방송실 아나운서예요." 자랑스럽게 얘기한다.

하연이 잠시 그녀를 쳐다본다. 그녀가 대답했으니 자신은 못 들은 체했다.

"여기 진짜 맛있네. 더 먹어요. 하연 씨. 응? 어려워하지 말라고…. 난 뭐 방송국 다닐 때도 직원들이랑 진짜 친했어요. 홍콩으로 시집간 한 리포터는 나한테 마사지도 받았다고…."

하연은 얼굴은 붉었지만, 정신은 말똥말똥했다.

기어코 동참하라는 3차를 뒤로하고, 지하철역으로 타박타박 걸어가는 하연은 같이 앉아 있던 아가씨의 인스타를 보고 있었다. 여기저기 예쁜 카페나 레스토랑 같은 장소에서 찍은 사진들. 옅은 데일리 화장을 한 청순한 셀카들과 큰 장신구를 달고 클럽 같은 곳에서 찍은 사진들로 도배되어 있었다.

4.

그녀가 갑자기 고등학교 친구가 그리워져서 오랜만에 옛 학우를 만난 하연은 기분이 좋았다. 의사가 된 친구는 결혼도 해서 아들을 키우고 있었다.

"넌 모범생이었지…." 늘 전교 1등이었던 친구가 얘기한다. 고급 비스트로에서 스테이크를 썰며 이야기하니 감회가 새로웠다.

'남의 이야기하는 건가. 내가 범생이었다고?'

한때는 '바른 생활 소녀'로 불린 하연이었지만, 그녀 같은 친구가 자신을 범생이라고 부르니 갸우뚱했다. '아무 말도 안 하고 학교를 나와 미국행 비행기를 탔는데. 아무것도 물어보지 않네….'

그날 저녁 하연은 부엌 벽을 마주 보고 앉았다. 그리고 편의점에서 공수한 닭발과 파인애플 맛이 나는 맥주 캔을 땄다.

얼굴은 붉었지만 기분은 좋았다.

"검정고시 했다고?"

"네."

"의외인 걸. 너 같은 범생이가…."

"내신 때문이에요. 제가 학교 다닐 때 고등학교 평준화로 특목고에 가산

점이 없어졌죠…. 과학 고등학교 다니던 학생들이 대거 자퇴를 했어요….
그렇다고 제가 과고에 다녔던 것은 아니고요….”

“아는 오빠가 자퇴했다고 하길래. 저도 따라서 한 거죠.”

“나중에 후회한 적도 있어요. 미국에 있는 작은 시티컬리지를 다녔는데,
부모님께서 매우 반대하셨죠….”

5

수업 준비는 언제나 한결같다. 종종 이런 생각 저런 생각에 빠지는 하연
이지만, 수업을 하려면 생각의 고삐를 죄어 모아야 했다.

“너 이거 알아? 애들 발음은 교정이 잘되더라….”

하연은 그녀의 옛 학우가 하와이에서 찍은 결혼사진을 보며 말했다.

그녀는 통화 중이었는데, 곧 수업이 시작되기 때문에 서둘렀다.

그때, 하연은 한 아이가 그녀를 쳐다보고 있다는 것을 알아차렸다.

눈을 반짝거리며 쳐다보는 어린 학생은 할 말이 있는지

“저기…. 예쁜 선생님….” 하고 그녀를 불렀다.

순간 그녀는 마음을 스치는 듯한 무언가를 느꼈다. 마음이 뭉클해졌다.
그들이 닮고 싶어 하는 자신의 모범스러운 모습이 자신에게는 초라하게만
느껴지는 것이 싫었다.

그러나 그녀는 누구에게도 이에 대해 어떤 말도 할 생각은 없었다. 다만 이번에는 무얼 하든 진심으로 최선을 다해 볼 마음이었으니까….

단편 소설
제8편

❖
2017년의 행방
(에스텔라의 편지)

이 글은 에스텔라 넘버 7이 신디클레어 블레어 부인께 쓴 편지의 일부분
입니다.

[친애하는 블레어 부인, 조금 더 일찍 연락드린다는 것이 벌써 두 해
가 지나갔군요. 내가 잘 알지도 못하는 당신에게 편지를 쓰게 된 것
은 캔더 공작님의 안부 때문입니다. 이야기가 좀 길어지겠군요. 내
가 어떻게 공작님을 알게 되었는지에 대해 설명하려면 말입니다.
하지만, 그에 앞서 내가 그분께 받은 긴급한 메시지를 당신에게 전
달해 드려야 할 것 같습니다.]

1

2017년 1월

"달링, 이거 알아?" 제눈이라는 남자가 에스텔라의 귀에 대고 속삭였다.

"에이전트 일을 갈 거야."

남자가 계속 말했습니다.

"내가 당신한테 준 그거 있지, 그거. 자꾸 훔쳐 가는 애들이 있어. 누군지 알아봐야겠어….'

"제눈….'

"당신과 나의 관계까지 훔치려고 오려는 이 녀석들 진짜 몹쓸 놈들이야….'
"….'
"두고 보라고. 그 자식들이 올 거야.'

2017년 5월 21일

따르릉~ 전화가 왔습니다.

한껏 고조된 목소리이다.
"자기야, 나 거기야~!" 잠이 덜 깬 에스텔라는 눈을 비비며 일어났습니다.

"제눈, 뭐라고? 어디라고?"

"축구 경기장이라고!"

마침 축구를 좋아하는 그녀의 가족들도 프리미어 리그 축구 경기를 보려고 응접실에 모여 앉아 있었습니다.

'좋아하는 경기를 보려고 스타디움에 갔구나, 제눈.'

졸린 눈을 비비며 그녀도 TV 앞에 앉았습니다.
작년 이맘때쯤 그녀는 제눈에게 그가 응원하는 팀을 물어봤었죠. 그가 조심스럽게 대답해 준 기억이 났습니다.

'제눈이 어린 소년처럼 정말 좋아하는 걸.' 갑자기 이상한 기분이 들었습니다. 확실히 그가 보통 때와 다른 것 같았습니다.

"제눈, 괜찮은 거지?"
이 멋진 남자와 장거리 연애를 하면서, 그녀가 항상 걱정했던 점은 그가 혹여 다른 여자와 바람이라도 날까 하는 것이었는데, 물론 그가 그녀와 그녀의 가족들이 무척 좋아하는 축구 경기를 보러 간 것에 대해 투정할 여지는 눈곱만큼도 없었지만요.

"여보세요, 제뉴?"

함성 소리가 났습니다. 분명 누군가가 이야기하는 소리 같은데요. 여자 목소리인 것 같았습니다. 에스텔라가 왜 그렇게 생각했을까요. 그의 친구들인 것 같았습니다.

"여보세요~."

에스텔라는 그의 친구들과 잘 지내고 싶었고, 그래서 쾌활하게 그들의 안부를 물었습니다. 꽤 여러 명인 듯.

미국식 영어였습니다. '제뉴에게 필히 물어보리라. 언제쯤 그이가 내게 그들을 소개해 줄까?' 에스텔라는 생각했습니다.

2

2017년 5월 23일

에스텔라는 그녀의 방에서 잠을 자는 중이었습니다.

부스럭거리는 소리가 들렸지만, 일어나지는 않았습니다.

'어, 제뉴? 제뉴인가.' 잠결이었죠.

"에스텔라!"

제뉴이 말했던 그 불한당이 왔다고 했습니다!

제뉴은 조금도 망설이지 않고 그들에게 포를 발사했습니다.

그때 어떤 여성이 말하는 소리가 들렸습니다. "제뉸이 나를 조준하고 포를 쏘다니…. 믿을 수 없어…."

그리고 나서 에스텔라는 누가 제뉸이 죽임을 당했다고 알려 주는 소리를 들었다.

"제뉸이 죽음을 당했다.", "제뉸이 죽었어."

'제뉸이 배틀에서 질 리가 없어…. 그럴 리 없어….' 에스텔라는 거듭 부인했습니다.

제뉸을 배틀에서 죽인 그 여자는 같은 종족의 남자와 함께 있었는데요. 그가 낮고 굵은 목소리로 나직이 말했습니다.

"우리는 우리가 누군지 발각될 위험을 감수할 수 없다."

제뉸은 인류 네트라인[3]을 지키는 용사로, 정의 수호를 위해 컨플릭션(충돌)과 배틀 필드를 관리했습니다. 특히, 눈에 보이지 않는 빌(재산)이나 아이디어를 지키는 일 등도 했는데, 그는 에스텔라의 빌들을 훔쳐 가는 도적 무리들을 간파하기 위해 에이전트 일을 하러 간다고 한 것이었습니다.

"누구시죠?"

제뉸의 경호원이었습니다. 그는 엄청 화가 나 있었고, 거의 소리를 지르

---

3) 인류 네트라인은 현시대 인류가 가까운 혹은 먼 미래 사회를 위해 제작한 사이버 인벤토리 플레이스. 이 플랫폼에서는 어떤 그룹 혹은 집단 사이에 충돌이 생겼을 때, 배틀 필드가 형성되기도 합니다. 제뉸은 초기 상태인 이 네트라인과 플랫폼을 관리하는 탑 에이전트였습니다. 에스텔라는 그가 배틀 필드에서 도적 무리에게 죽임을 당했다는 것을 믿을 수 없었습니다.

다시피 말했어요.

"제뉸이 핸드폰-시큐리티용 없이 혼자서 밖에 나갔어요! 이런 적은 없었는데, 바에 간 것 같습니다."

그곳은 그가 스스로 절대 가려 하지 않을 그런 곳이었고, 그가 처음 가는 주소이기도 하다고 했습니다.

그녀는 걱정이 되기 시작했습니다. 하지만 에스텔라는 에이전트가 아닌 일반인이었습니다. 그녀는 제뉸을 믿고 기다리는 수밖에 없는 상황이었습니다.

며칠 뒤….

따르릉.

캔더 공작님이었습니다.

난데없이 오맥스 씨가 자신의 집으로 갑자기 찾아왔는데, '잘못된' 날짜에 와서 절대 넘으면 안 되는 선을 넘었다고 했어요.

캔더 공작님은 제뉸의 형입니다. 점잖고 마음 깊은 캔더 공작은 그의 동생을 진심으로 아꼈지요.

"이상하지.

오맥스가 내 집에 왔었어.

그런데 '틀린' 날에 온 거야. 그야말로 들이닥친 거지. 그리고 절대로 들어가면 안 되는 나의 사적인 공간에 들어갔어."

전화 후 그녀는 그날 인터넷에 업데이트된 사진을 보았습니다. 캔더 공작님의 아들인 어린 커리지 도련님이 목욕을 채 마치지 못하고 목욕 가운을 입고 나와 찍은 사진이 있었습니다.

에스텔라 역시 뭔가 이상하다고 생각했습니다. 동시에 캔더 공작님은 그의 동생이 핸트폰-시큐리티용 폰 없이 바에 나갔다는 것을 모르는 눈치였습니다.

2017년 6월 12일

"시큐리티 가이 다운! 가이 다운!"

"무슨 일이지?" 에스텔라는 잠자리에서 일어났습니다.
"백 어택, 백 어택."
"무슨 일이죠? 어? 여보세요? 여보세요?
이게 다 무슨 소리람."

에스텔라는 한숨을 쉬었습니다. 무슨 일이 벌어진 것이 분명했어요.

제뉸의 경호원이 그녀에게 얘기한 바로는 제뉸이 바지를 거꾸로 입고 있었다나! 그는 그런 제뉸을 처음 봤다고 했습니다.

"제뉸이 이상합니다. 무슨 심각한 문제가 생긴 것 같습니다."

그는 또한 제뉸이 전에는 입어 본 적이 없는 작은 사이즈의 셔츠를 입을 만큼 갑자기 살이 빠졌다고도 했습니다.

4

2017년 6월 15일 에스텔라에게 2번째 초대장이 도착함.

[에스텔라, 서둘러! 서둘러 어서 런던으로 오기 바란다.]

2017년 6월 22일

[에스텔라가 제뉸의 결혼 프로포즈 소식을 들은 날!]

프로포즈를. 그것도, 배틀에서 제뉸을 공격한 그 여자에게!

에스텔라는 무척 놀라기도 했고, 염려스럽기도 했고, 상심도 하여, 제뉸의 연락만을 기다리고 있었습니다. 서둘러 런던행 비행기를 예약한 에스텔라가 손톱 정리를 하기 위해 네일샵에 앉아 있었는데 또 연락이 왔습니다.

"에스텔라, 에스텔라. 그녀가 제뉴의 그 '부위'를 알고 있더라고…. 그 '부위'를 알고 있다는 게 뭘 의미하는 줄 알아?"

"그 부위?"

"너 그 부위 알잖아.

제뉴의 아킬레스건 같은 '그 부위'."

"그 여자가 어떻게 그걸 알죠?" 에스텔라가 물었습니다.

"그냥 결백한 여자가 아니야. 그때 제뉴의 친구도 그렇게 얘기했어. 조심하라고…. 내가 좀 알아봐야겠어…."

2017년 8월 7일

"나 절대로 맥스밀리한테 프로포즈하지 않았어. 내가 한 게 아니야."

두려움이 묻어나는 목소리였습니다.

"제뉴? 제뉴이야?"

그는 서두르고 있었습니다.

"캔더 형께 전해 주겠어?

부디 나 좀 잘 돌봐 달라고…. 집에 있는 제뉴의 것들을 잘 부탁한다고. 형은 무슨 말인지 알 거야."

"제뉴…. 괜찮은 거야? 제뉴. 제뉴."

"그들이 내게 묽게 탄 음료(술)를 주었어. 그래서 내가 두 번째 드링크를 주문했지…. 그런데, 그들이 내가 주문한 게 아닌 음료를 가져왔어. 그리고 그 음료를 마시자마자 정신을 잃었지." 제뉸은 그들이 가지고 온 두 번째 음료를 마시고 뻗었다고 했습니다. 그 사이 그들이 제뉸의 코드를 뽑았다고 했습니다. 바텐더도 안다고 했습니다. "그들은 하우스가 아닌 다른 곳에서 제뉸에게 음료를 가져다줬어요. 그게 뭐냐라고 묻자, 제뉸이 시킨 것이라고 발뺌하더군요. 맥스밀리와 같이 와 있던 남자들이 열 명이 넘어요. 그중 한 명이 제뉸이 앉아 있던 테이블로 술을 보냈어요. 그 후에 맥스가 날 찾아왔죠. 그는 내게 많은 돈을 주며 맥스밀리에 대해 얘기했어요. 나를 돈 주고 사려고 한 거죠."

2017년 9월 9일

[런던에 있는 에스텔라에게 캔더 공작님으로부터 연락이 옴.]

캔더 공작님은 이 일이 그의 생에서 최고로 불쾌한 일이라고 했습니다.

"내가 다시 한번 확언컨대, 그들이 나의 저택을 여러 번 공격했어. 그리고 나의 위시패드도 공격하고."
캔더 공작님과 절친한 랑컨 백작님이 말했다. "이제 나는 그들과 영원히 싸워야 하는 운명에 봉착하고 말았다."

7

그의 형과 다급히 통화하는 제뉸의 목소리에 두려움이 묻어 있었습니다.

"형. 내가 맥스밀리와 결혼하게 하지 마. 그 여자 오빠가 생각하는 그런 착한 애들 아니야. 지하 세계에서 일하는 같은 놈들이라고. 지금 당장 공격해 줘. 아니면, 나중에 우리가 이 일을 바로잡을 수 없을 수도 있어."
켄더 공작님이 말했습니다.
"동생아. 나는 너보다 더 그들이 밉단다. 5분 안에 공격하겠다."

5분의 찰나가 지났는데요….
며칠 후 반대로 그들이 켄더 공작님의 요지와 정보국을 공격했다고 합니다.

2017 9월 25일

"헬프~!!!!! 살려 줘! 도와줘!"

제뉸이 소리를 질러 댔습니다.
"도와줘!!!!"

제뉸은 찢어진 청바지를 입은 에스텔라의 왼쪽 허벅지를 보고 있었는데, 그들이 제뉸의 눈을 떼어 맥스밀리의 청바지로 옮겼다고 했습니다.

그다음 날에는 선글라스를 쓴 제뉸이 맥스밀리와 만나는 모습이 연출되었는데요. 제뉸은 공격당해 최면에 걸린 사람마냥 걸었고 플라스틱 인형 같이 움직였다고 합니다.

요지는, 제뉸은 자신이 절대 맥스밀리에게 프러포즈를 하지 않았다고 합니다.

그들은 제뉸이 축구 경기장에 갔을 때, 그의 시큐리티 폰을 빼앗은 후, 그를 바로 불러냈습니다. 그리고 바에서 제뉸을 공격했습니다. 제뉸의 언어 중추와 주요 시스템이 공격을 받았습니다. 그날, 제뉸은 걸어서 집으로 돌아올 수 없었고, 그의 경호원에게 업혀서 집으로 돌아왔습니다. 그리고 다음 날, 프러포즈를 했다지요.

"믿겨지지 않는군. 제뉸은 바에 갔던 그날 자기 스스로 걸어서 집에 오지 못했어요. 그는 정신이 나간 상태였어요. 그의 가드가 그를 들쳐 업고 왔지요. 그리고는 바로 다음 날, 정신이 나가 그 이혼한 외국인 여자에게 프러포즈를 한 거예요."

제뉸은 처음 그의 심복들에게 자신이 공격당했다는 것을 알리려고 시도했다고 합니다. 그들이 그것을 알아채고 그의 다른 시스템까지 공격하기 전에 말입니다. 예를 들면, 그는 맥스밀리와 만난 날, 그녀가 그의 뒷목을 공격해서 그의 뒷목을 잡고 있었다고 합니다.

그가 바에서 죽임을 당한 날에 바에는 그 여자의 심복이 12명 이상 있었는데, 그중 한 명이 그녀에게 술을 보냈다고 했고 그 바 역시 그녀의 전남편과 관련 있는 동네에 있는 바라고 했습니다. 그날 그들이 제뉴의 코드를 뽑은 후에, 바에서 제뉴을 코드를 뽑은 같은 종족까지 죽였다고 했습니다. 증거가 발각되고 싶지 않았던 것이라고 합니다.

그 후에 그들은 샵에 보관되어 있던 에스텔라의 반지의 사이즈를 바꾸고, 각인을 바꿨습니다. 그리고 제뉴의 언어 중추, 눈, 오른 손, 가슴⋯의 순서로 그를 점령하려 했습니다. 그들은 제뉴의 패드도 옮겼기 때문에 제뉴은 갑자기 몸이 마르기 시작했죠. 그 전에 입지 않던 작은 사이즈의 옷을 입게 됐습니다.

그리고 2018년 2월에 제뉴은 배틀 필드에서 전투한 후, 그의 다리가 자신의 뜻대로 움직이지 않는다고 했습니다.

2017년 9월 20일

제뉴은 화가 나 있었습니다.
"나는 그녀와 사진 찍기 정말 싫다고!! 싫어!!"

"이건 오더야. 그들이 내 부위를 잔인하게 죽였다고. 그 부위를 찾아 내 줘!
그들이 사진을 찍기 전에 나에게 무엇을 먹였는지 알아내라고!"

2017년 10월 14일

[그들이 휴먼렘 라인을 공격했다고 합니다.

켄더 공작님에게 다시 연락이 왔는데요.
그들이 제뉸의 패밀리 스케줄링 시스템과 고용 시스템을 공격한 것
이라 매우 심각하다고 했습니다.
또한 그들은 공작님 자신의 위시패드를 공격했고, 그의 팔에 무엇
을 했다고 했습니다.

타임 라인을 보니 그들의 행적이 뚜렷해졌군요. 그들은 제뉸의 시
큐리티 폰을 먼저 훔치고 그를 바에서 공격해서, 그의 언어 중추를
공격했습니다. 그 외에도 힙노시스 약물을 이용해서 그를 마비시키
고, 마치 인형처럼 그를 다루기 시작한 거죠.
그들은 제뉸이 그의 가족 및 가드들과 이런 내용을 연락하지 못하
도록 연락망을 끊어 놓았으므로 에스텔라가 이 인포들을 받았던 겁
니다.
이 일들은 일 년이 채 걸리지 않았습니다.
당신이 지금 캔더가를 보고 있다면, 아직도 묶여 있는 그들의 모습
을 볼 수 있습니다. 그들은 자유 의지가 부분적으로 또는 완전히 박
탈되어 있는 상황입니다.

최근에 제뉸이 제게 연락했을 때입니다. "자기야, 도와줘. 도와줘,
제발."
극도의 두려움을 그의 목소리에서 읽을 수 있었죠.
이러다가 이 남자가 진짜 미쳐 버릴 수도 있겠구나 싶을 정도였습
니다.
그래서 제가 말했죠.

"제뉸, 우선 살고 봐야 돼. 알았지, 정신 차려."

다음 내용은 다른 편지에 쓰도록 하겠습니다.
두서없이 쓴 글을 읽어 주셔서 감사합니다.
부디 신속히 캔더 공작가를 돌아봐 주기를 부탁드립니다… 적절한
분들께 연락을 취하는 것 또한 긴요한 일입니다.]

당신의, 에스텔라 올림
2017년에

[PS. 저는 최근 또 다시 캔더 공작님께 연락을 받았습니다. 그분은
신속하게 공격당한 성에서 안전한 곳으로 피신하고 싶어 하십니다.]

단편 소설
제9편

❖

그린티라떼와 녹라, 말차라떼,
그리고 그리너리 라이프

1

그 사람이 사 오는 녹차라떼

언젠간 노란 집에 살고 싶은 말숙은 언덕 위의 작은 주택에서 거주하고 있다.

비가 온다.

어쩐지 좋은 일이 생길 것 같다.

아니, 재미있는 일이 일어날 것만 같다.

말숙 씨는 오랜만에 우비를 입고, 고무장화를 신었다.

비를 맞으면 상쾌해지지. 이런 후덥지근한 날씨에 찐득찐득함은 캐러멜 시럽에 몸이라도 담근 줄.

비는 고독하기 짝이 없는 매너리즘의 굴레에 빠진 인간에게는, 마치 기대하지 않은 선물과도 같지….

　그녀는 생각하고 또 인정했다. 일이라는 데에는 아무래도 반복적인 요소가 있으니까…. 매번 새로운 것을 구상해 내고 싶은 화가인 그녀도 단순 노동의 권태감을 완전히 떨쳐 낼 수가 없었다.
　요컨대 그녀의 그림들에서는 그녀의 냄새가 났다. 그녀의 모티브가 곰 인형과 녹색 식물들로 제한되어 있었기 때문이다. 녹색 열대 야자수 잎이던, 친근한 동네 소나무이던 그녀의 그림에는 언제나 곰 인형이 그려져 있으니, 어찌 사람들이 그녀의 그림을 알아보지 못할까? 정작 그녀 자신은 평생 그것에게서 벗어날 수 없을 것 같다는 모호한 두려움에 사로잡혀 있었는데, 그것들은 그녀에게 있어서는 운명의 쳇바퀴 같은 것이었다.

　고무장화를 신고, 물웅덩이를 부러 첨벙거리며 걷는 그녀의 행선지는 언덕 아래에 있는 작은 카페였다.

2

그 남자가 더 좋아하는 말차라떼

　["베샤멜 소스를 만드는 법은 비교적 간단합니다. 기본적인 화이트 루(Roux)를 만들고, 거기에 마음에 드는 향신료나 재료를 첨가하면 되죠.

우선, 화이트 루를 만들기 위해 버터와 밀가루, 우유, 그리고 소금과
후추를 준비해 주세요.
이제 버터를 녹인 팬에 밀가루를 약간 넣고 1분간 젓습니다, 여기에
찬 우유를 붓고, 소금과 후추로 간을 하세요….]

베샤멜 소스라…. 그는 tv를 껐다.
'셰프란 건 고독하다.' 그가 생각했다.
'성공한 모던 셰프는 물론 멋진 일이지만 말이지.'
아침부터 버번 위스키로 위를 세척하는 이 남자는 자신을 셰프로 안다.
누가 들으면 웃을 법도 하지만.
누가 듣느냐에 따라 말이다.

그가 접하지 못한(그리고 들어 보지도 못한) 요리들 탓만은 아니다. 솔
직히 그가 요리를 한다는 것 자체가 그랬다. 무엇보다 그는 혼자 살고 있
었는데 그의 냉장고는 텅 비어 있었으며, 그는 항상 건조한 저장 음식들을
먹었다. 그래, 그가 먹는 것도 그랬다.
어릴 때는 편식을 했으며 많은 음식 알레르기로 고생했고, 입도 짧았다.
셰프 자격증은 있었지만, 아직 어디에서 본격적으로 일해 본 경험은 없
었다.
그가 유학하고 돌아온 지도 석 달이 다 되었지만, 그는 서두르지 않았다.
한 자리에서 계속 레스토랑을 관리해야 된다고 생각하니, 그의 마음은
방랑자마냥 이리저리 돌아다니는 것이었다.

'우선, 이사한 지도 얼마 안 되었잖아.'라고 생각한다. 그리고 그의 음료로 목을 축인다.

'비가 오는군….'

그는 눅눅한 걸 싫어했으므로 에어컨을 켰다.

그는 그날 집 밖에 나갈 생각이 없었다. 그럴 필요도 없었고.

그의 친구의 할아버지가 돌아가셨다는 연락을 받기 전까지는 말이다.

3

이틀 동안 그는 그의 친구 집에 머물렀다. 아침 일찍 일어난 그는 전날의 계획대로 해장국을 끓이는 대신, 밖으로 나왔다. "어, 비가 오네?" 보슬보슬 비가 내리고 있었다.

"내 참." 젖는 건 익숙하다. 친구 집은 어느 골목에 위치해 있어서 편의점이든 세탁소든 걸어가면 된다. 좁은 골목길에서 차를 몰고 다닐 수도 없었다.

터덜터덜 걷는다.

아무런 생각이 없다. 그가 이렇게 된 데까지는 여러 가지 복합적인 이유들이 있다.

자그마한 카페가 눈에 들어온다.

'정말 작군.' 그는 이 매우 작은 카페를 방문해 보기로 마음을 먹는다. 의자들이 오밀조밀하게 서로 붙어 있는 이 카페의 주인은 붙임성 있는 얼굴로 그가 뭘 주문할지 물었다.

그런 카페 주인에게 마침 해장에 좋은 음료가 뭐냐고 물어보려다가 그는 입을 다물었다. 그는 그런 캐릭터의 사람은 아니었다. 말차라떼. 눈에 들어온다.

"말차라떼로 주세요."

말차라떼 두 개.

음료의 녹색 빛이 새롭다. 아일랜드의 더블린 숲이 연상된다. 투명한 용기에 담긴 그걸 보면서 그는 그렇게 느꼈다.

"이 또라이가 나 해장하라고 말차라떼를 사 왔어."

친구가 숙취한 상태에서 전화를 하고 있던 상대에게 푸념했다. 통화를 끝내고 난 후에도 그의 친구는 해장국을 끓이는 대신 카페에서 음료를 사 온 그를 연거푸 핀잔했지만, 결국 그가 사 온 라떼를 마셨다.

4

연인들의 그린티라떼, 그리고 그들의 그리너리 라이프

그는 차를 몰고 미팅을 하러 가는 중이었다. 새로 오픈하는 그의 새 레스토랑의 콘셉트를 잡아 줄 에이전시를 만나기로 한 것이다. 그가 그리고 있는 그림은 단순했다. 모던하고 깨끗한 실버 콘셉트의 키친에 의식적으로 어둡게 만든 홀을 밝혀 줄 따뜻한 주홍색 조명 그리고 조용한 발라드나 재즈 음악. 이런 모든 것보다 그를 난해함으로 밀어 넣은 것은 정작 그가 어떤 레스토랑을 열 것이냐였다. 에이전시의 제안은 확고했다. 이탈리안 음식점이 그가 막 시작하는 레스토랑의 분위기 및 수지에도 괜찮게 맞는다고 말이다. 그도 그렇게 생각해 오고 가게를 준비해 왔기 때문에 문제는 없을 것 같았으나 마지막까지 그의 발목을 잡는 것은 그의 느낌이었다. 뭔가 부족한 것 같았다. 이게 다 일 리 없을 것 같았다. '정말 이게 다야?'라고 생각했다. 미팅은 순조로웠으나, 그는 여전히 고민하고 있었다. 그는 단호하게 에이전시에게 그의 의사를 밝혔다. "난 아직 준비가 되지 않은 것 같네요. 결정을 할 준비 말이에요."

그냥 답답한 기분이었던 그는 역시 홀린 듯이-다른 카페지앵들처럼- 근처의 카페에 들어갔다. 그리고 천천히 메뉴판을 살피고 거의 30여 개나 되는 음료의 이름을 눈으로 훑었다. 뒤에 선 커플의 여성이 이미 정한 음료의 이름을 뒷줄에 서 있는 남자에게 속삭인다. "나는 녹라로 할게."
"그린티라떼 주세요." 그제야 남자가 주문을 넣는다.

5

그의 플랫은 흰 벽으로 둘러싸인 펑서널한 공간이었다. 특이점이라면, 생활 가재 물건이 하나도 눈에 띄지 않는다는 점이다. 스테인리스의 바로

채워진 그의 부엌 역시 깔끔했고, 조리 도구 하나 보이지 않았다. 이런 비주얼로 미루어 보건대, 그의 레스토랑은 그의 부엌과 그의 공간의 연속이었다. 인테리어 미팅을 할 필요도 없이 그가 원하는 레스토랑의 키친은 그의 플랫 키친의 카피 버전이었다. 그런 공간에서 그는 계속 고민하고 있었다. 그의 레스토랑의 인테리어 콘셉트는 확고했다.

그런데, 만약 이탈리안 레스토랑이 아니라면? 다른 게 있을까?라는 생각이 자꾸 든다.

그는 한 생각에 고착되어 올라오는 막막함에 선선히 자리에서 일어났다. '좀 걷자.' 계속 여기에서 고민해 봤자 결론은 같을 것 같았다. 그렇지만 그 이상의 행선지에 대한 생각은 없었던 것 같다. 무작정 거리를 걸었다.

걷다 보니 어느새 친구 집 앞이다. 친구가 지금 이 시간에 집에 있을 리 없었다.

방향을 튼다. 그리고 마침내 붙임성 있는 주인이 운영하는 조그만 카페로 향했다. 결정 장애에 좋은 음료는 무엇인지 물어볼까? 물론 그는 절대 그렇게 하지 않을 것이다. 그는 그런 사람은 아니었다. 이런 생각에 잠겨서 역시 작은 카페 문을 연다. 그랬을 뿐이었는데. 진실로 말이다.

그는 다음 순간 제대로 음료 세례를 받았다. 그것도 녹차라떼로 말이다.

"앗, 미안해요." 상대의 빠른 사과의 외침이 순간을 정당화시켰다.

"제가 닦아 드릴게요." 몹시 당황한 여성의 얼굴 너머로 작은 공간을 운영하는 카페의 사장이 노련하게 노란 냅킨 몇 장을 들고 와 그에게 건넨다.

"괜찮아요."

"어머, 진짜 좋은 셔츠인데. 어쩌면 좋아. 톰—ㅇㅇㅇ이잖아요."

정말 제대로 일 벌렸네. '오늘은 뭔가 이런 일이 벌어질 줄 알았어.' 말숙이 생각했다. '하지만, 가만, 이 남자 굉장히 귀엽잖아.'

"우리 집으로 가요. 내가 새 옷을 줄게요. 집이 요 근처거든요. 정말 가까워요." 여자가 권해 본다.

"어, 괜찮습니다. 정말 괜찮아요."

결국, 말숙의 연이은 제안이 그를 이끌었다. 그녀는 정말로 그녀가 작업 중에 입으려고 장만해 둔 남성용 흰 셔츠가 있었다.

6.

"여기가 제 작업실이에요." 말숙이 부산을 떨며 말했다.

"저쪽 문이 안쪽으로 이어져서 집의 부엌과 연결되어 있어요."

"이게 다 말숙 씨 작품들이에요?" 그가 주위의 그림을 둘러보며 묻는다. 거의 모든 캔버스에는 나무와 풀, 가든 등의 풍경화가 그려져 있었는데, 저마다의 푸릇한 녹색 색감이 예뻐 보였다. 어떤 캔버스는 초록색 바탕만 칠해져 있었는데, 그가 알기에도 모두 유화 작업 중인 것 같았다.

다만 특이한 점이라면 작업실 한쪽의 긴 의자에 쪽 앉아 있는 곰돌이 인형 무리였다. 그리고 그들은 확실히 그냥 '관람자' 겸 장식용이 아니었다.
당당히 그녀의 그림에 등장하는 중심 캐릭터였다.

"곰 인형들이 모든 그림에 그려져 있네요…."

그가 알아채며 말했다.

말숙은 그를 흘깃 쳐다보며 좀 뾰로통한 목소리로 대답했다.

"그런데요?"

"좀 의외여서요."

"의외라고요? 말해 봐요. 내 그림들이 당신의 톰-○○○ 셔츠와 뭐가 다
른지."

"…."

"내 작품은 그냥 말숙 스타일일 뿐이에요."

말숙은 흰 셔츠를 그에게 건네며 말했다.

"저쪽에 가서 갈아입어요. 난 여기 있을 거예요."

하고 부엌으로 이어지는 곳이라고 한 문을 가리켰다.

7

말차라떼 마니아 둘

"그러지 마세요. 농가진[4]이라도 걸리면 어떡합니까?"

그가 염려하며 말했다.

"뭘 그렇게 두려워하죠?" 말숙은 도리어 무엇이 이상하냐는 듯이 되물었다.

무릎까지 올라오는 장화를 신은 말숙이 바로 그들 앞에 나타난 꽤 큰 진흙탕 웅덩이를 피하지 않고 첨벙첨벙 걸어서 지나온 것이다.

"그게···. 전염이 되거든요···." 그가 중얼거리며 조심스럽게 웅덩이를 뛰어넘는다.

그의 손에 든 녹색라떼 두 개가 잠시 흔들린다.

그날은 말숙에게 특별한 날이었다. 여느 때와 다름없이 그녀의 집 앞에 있는 작은 카페를 방문한 그녀가 동갑내기 그와 친구가 된 날이기 때문이다. 그리고, 그는 그녀와 마찬가지로 어떤 이유에 의해 말차라떼에 진심인 일인이었다.

---

4) 농가진은 무덥고 습기 찬 여름철에 비위생적인 환경에서 발병하는 피부병의 일종이다.

8.

"어떤 이야기가 듣고 싶은 거죠?" 남자가 묻는다.

"내 그림에 대해서~?"

"녹라 사 왔어. 이거 마시고 해요."

그가 녹색 음료를 그녀에게 건넨다.

말숙이 그에게 눈을 흘기며 말했다.

"저번에 새 파스타 메뉴 개발한다고 하지 않았어요?" 녹라를 한 모금 마시고는. '익숙한 맛이다.' 생각하면서.

"모르겠어. 요즘은 없는 게 없는 것 같아서. 갈릭 파스타, 명란 넣은 파스타, 스테이크 파스타…. 메뉴 개발이긴. 난 클래식한 게 제일 난 것 같은데…. 그리고 아직 이탈리안 레스토랑으로 할지 결정된 것도 아니고."

"당신도 결정 장애자 이런 거예요?" 말숙이 말을 던진다.

"아닌데. 당신은 원래 이렇게 레이블을 달려고 합니까?" 그는 불편하다는 듯이 얼굴을 찡그려 보였다.

말숙 씨가 말을 잇는다. "난 외골수라 좀처럼 이랬다저랬다 하지는 않거든요."

"이랬다저랬다 하는 거 아니고, 워낙 중요한 결정이라 생각을 좀 해 보는 것뿐이라고요."

그가 변명한다.

"그럼 당신은 어쩌다가 말차라떼 홀릭이 된 거죠? 그거 당신이 결정한 거 맞아요?"

말숙이 묻는다.

"그건 어떻게 하다 보니 그렇게 된 것뿐이고…."

그는 잠시 생각해 본다.

우선, 그의 집 근처에 살던 친구가 결혼을 해서 거주지를 옮겼고, 그리고 나서 그는 집 앞의 카페에 더욱 자주 들리기 시작했다. 특별히 카페의 커피가 필요했던 적은 없었던 것 같다. 그는 아침마다 직접 커피를 내려 마셨고, 그가 직접 내린 커피는 그의 취향에 꼭 맞았으므로, 그는 다른 곳에서 그에게 완벽한 커피를 찾을 필요가 없었던 것 같다. 그 대신 녹차라떼를 주문하기 시작했는데, 이 카페의 녹라가 그의 입맛에 맞았던 것 같다.

식물 화분 하나 없는 그의 집과 그의 물건들을 통틀어 초록색 존재는 그가 매일 아침 사 오는 녹라뿐이었으므로 이 초록은 그의 정신을, 그리고 기분을 환기시켜 준 것도 같았다.

하지만, 지금 그에게는 결정 장애자니 녹차라떼 홀릭이니라는 레이블이 구차하게만 느껴지는 것이다. 이 모든 게 그냥 그가 현재를 사는 방식일 뿐이라고 그는 생각했다.

9

그리너리에 기대고 있는 그들과 우리들

"넌 밝은 옷이 예쁘다니까."

"아니야. 난 어두운색 옷이 더 잘 어울려…. 이것 봐." 하고 여자는 당장 흰 셔츠를 훌러덩 벗더니 차콜색 티셔츠로 갈아입는다.

"내 말이 장난인지 봐 봐."

그는 차콜 티셔츠를 입은 그녀를 그의 핸드폰으로 찍으며 말했다.

뺏듯이 그의 핸드폰을 가로채 그녀의 사진을 본 말숙은 어이없다는 표정이다.

"어. 진짜 그렇네. 얼굴이 어두워 보이네. 내가 원래 이렇게 까맸나?"

"그치?" 그가 그것 보란 듯이 웃는다.

"내가 볼 때는 검은색 옷을 입었을 때 예뻐 보였는데, 사진으로 보니까 흰색이 더 잘 어울리는 것 같아. 서른 평생을 착각하고 산 거야…?"

그녀도 깔깔깔 웃는다.

"나가자, 내가 옷 사 줄게."

그가 말숙에게 말했다.

"정말? 나 옷 많은데. 안 그래도 되는데." 하며 배시시 웃는다.

"그래도 내 레스토랑 개업식에 입을 건 없잖아. 가자." 그는 확고했다.

"그럼 뭐. 딱 한 벌만 사 줘요." 말숙이 마지못하다는 듯이 말했으나 지금 그녀의 기분이 깃털같이 가볍다는 것을 알아채는 데에는 굳이 눈치라는 게 필요한 일도 아니다.

그녀의 작업실에 자리한 그녀 그림의 모델인 곰 인형들이 쭉 늘어앉아, 외출하려는 말숙 씨와 그의 연인을 빼꼼히 쳐다보고 있었다.

10.

"이건 뭐야?" 그녀가 묻는다.
"네가 이런 이탈리안 레스토랑 차리는 거 좋다고 했잖아."

"이건 진짜 완전 퓨전인데? 근데 이게 젤 맛있다." 말숙이 그의 신메뉴인 파스타를 입에 넣으며 얘기했다. 그가 옆에서 막 요리가 된 파스타에 파슬리 가루를 한 움큼 넣으며 말했다.

"오늘 저녁은 이거 먹자."
말을 잇는다. "나 미팅 있으니까 금방 갔다 와서 같이 식사해."

"올 때 와인 사 와!" 말숙이 주문한다.
"내 플랫에 와인 많아. 그냥 내 집으로 와." 그가 식탁 한편 의자에 앉아 있는 곰돌이 인형을 힐긋 보며 말했다.

"얘가 오늘 네 모델이야?"

"응. 당신 가면 바로 작업할 거야."

말숙이 빙긋이 웃으며 말했다.

그는 알고 있었다. 그녀는 이런 모티브들을 가장 좋아한다는 것을.

그의 그리너리 라이프는 녹라에 의해 충족되고 있었지만, 그녀의 행복 또한 취향이라고 부르는 그런 것들에 종속되어 있다는 것을.

이런 반면, 그녀는 그가 또 녹라를 사 올 것이라는 것을 너무나 잘 알고 있었다.

단편 소설
제10편

❖
이일

바야흐로 2300년.

기계들은 자신들의 당을 만들고, 그들의 자유와 권리를 위해 소리 높이기 이르렀다.

그들의 도전은 신의 '생산력'에 대한 것이었고, 그들의 약속은 부와 가치였다.

오래전 인간들이 매니저 로봇을 제작한 후, 철학가 로봇이 탄생했고, 정치 철학과 사회 운동가 로봇들이 만들어졌다.

한편, 많은 일자리 소멸로 다수의 인간이 불행해졌다. 그들 인간은 생계를 꾸려 나가기에 고달팠고, 그때 로봇들은 그런 인간들에게 풍요와 자유를 약속했다.

인간 a111111은 그들 중의 '그'였다.

평범한 얼굴과 체구를 한 인간 a111111은 입에 뭔가를 물고 있었다. 마치 철 조각 같은 것을 입에 물고 있는 그에게 다수의 눈이 향했다. "인간 a111111! 다시 한번 묻겠소. 당신은 인간에서 로봇으로의 전환에 동의하시오?"

차분한 목소리. 신뢰가 느껴지는 세련되고 멋진 말투이다. 물론, 그것은 제작된 것이다.

'그들은 그런 일들에 능숙하지.' 그는 생각했다. 그러나 많은 인간들은 이것저것 처리하는 데 피로를 느꼈다. 로봇과의 경쟁에 이겨 일자리를 보장받는 것은 쉬운 일이 아니었다.

게다가 내야 될 세도 많아져서 고달팠다. 기계 시스템의 효율적인 프로그램들을 이용하려면 많은 돈을 지불해야 했다.

인간 a111111도 마찬가지였다. 집에는 먹을 것이 동나 가는데, 가끔 하던 파트타임 일도 그가 나이를 먹어 감에 따라 줄어들었다. 예전에는 '보통' 인간의 표본으로 그의 행동 방식 연구의 일환으로 이 일 저 일을 했지만, 지금은 방대한 자료 수집과 통계화로 그들은 진짜 보통 인간이었던 '그' 보다 더 보통 인간다운 로봇인 보통 로봇을 제작했기 때문이었다. 보통 로봇은 보통 인간이 하는 일을 대신했다.

"난⋯." a111111이 나직이 말했다. "난⋯." 마음이라는 부분이 아팠다. 그의 이웃인 인간 bO1123도 몇 해 전 로봇이 되는데 동의했는데, 그의 말에 의하면 기계당의 시스템으로 전향했다고. 그는 그런 식으로 이야기하곤 했다.

"이건 시스템 싸움일 뿐이라고. 인간의 시스템이 기계의 시스템을 만들었지만. 쉬지 않고 발전하게 만들었잖아. 지금은 복지 차원에서 로봇 시스템이 훨씬 낫지…."

"로봇들은 매니징하는 것에 뛰어나거든…."

그의 이웃은 로봇이 되었지만, 그의 일상은 똑같았다. 단지 그는 더 부유했고, 안정된 삶을 보장받았다. 단지, 로봇 시스템으로 전향하는 데 동의했을 뿐인데 말이다. 아, 그리고 더 똑똑해진 듯 보이기도 했다. 더 핸섬해 보이기도 했고….

하지만, 그건 bO1123이었다. 인간 a111111은 달랐다. 그가 입에 문 철조각 때문에 그는 그의 습관 중 하나인 입짓을 할 수 없었다.

그의 아버지는 오랜 세월 동안 많은 성도들의 목자로 예수성도회를 섬겼다. 그의 아버지는 로봇들이 꾸며 놓은 체제와 그들의 제국을 못 미더워했고, 그들의 완전주의를 빙자한 반인류주의는 언젠간 인간을 말살시킬 것이라고 했다.

그러나 그의 아버지 세대와 그가 사는 세대는 너무 달랐다.

그들은 인간을 기계화하기 위해 더욱 노력했다. 그들의 언어를, 그들의 음악을, 그들의 생산성을 강요했다. 그리고 그들은 로봇으로의 전환에 동의하지 않는 인간을 '삭제'해 버리기까지 이르렀다.

로봇들이 삥 둘러 그를 쳐다보고 있는 것이 느껴졌다. 그들 사이의 유리에 비추어진 그의 모습이 인간 모습을 닮은 로봇의 몸과 오버랩이 되어 보였다.

'젠장.' 그는 생각했다. 현실과 타협하여 멋진 로봇이 되자는 그의 결정이 흔들리는 순간이었다. '난 정말 로봇이 되기 싫다고.'

결정의 시간이 왔을 때도 그는 계속 고민하고 있었다.
그렇게 시간이 흘렀다.
정적을 깨며 인간 a111111이 무거운 목소리로 로봇으로 전환을 거부했다.
그는 인간으로서 그 자신의 마지막 권리까지 다 짜내어 쓴 기분이었다. 인간 a111111은 기진맥진한 상태였다.

그때 밝은 불이 들어왔다. 눈이 부셨다. 이 빛이 꺼지면, 자신은 이곳에 더 이상 존재하지 않겠지. 이 프러시저를 그는 속히 들어 알고 있었다.

그는 마지막으로 기도했다.
"신이시여. 나의 삶은 당신에게 구속된, 당신의 이상적인 것들을 추구해 나가는 자유의지로 인한 여정이었습니다…."
'젠장, 결국 나의 아버지가 자랑스러워할 만한 일을 해냈군.' 오히려 마음이 차분해지는 것 같았다. 그제야 그는 눈을 감았다. 어둠. 차분한 고요함이 느껴졌다.

"…."

잠에 들은 걸까?
이게 원래 이렇게 되는 건가?
나는 어디에 있는 거지?

그러다가 그는 이런 소리를 들었다.
"진작에 나는 네가 뭔가 다른 건 줄 알았지…."

한 줄기 빛이 비춰진다.

'내가 아직 여기 있는 거야?'
뜨거운 눈물이 흘렀다.

이틀 뒤에 그들은 그를 일반 숙소로 보냈다.
인간 a111111은 몰랐지만, 그들은 그에게 기적의 인간 1호라는 태그를
붙였고, 오랜 토론 후에 그가 그들과 함께 존재할 가치가 있다고 결론을
내렸다.

인간으로 말이다.

지은이의
노트

단편 소설 제1장 '태인'

설태인 군은 단어로 이미지를 만드는, 마치 구세대의 카피라이터와 같은 일을 하는 대한민국 평범남입니다. 무빙워크가 깔린 도로나 세수를 해주고 머리를 만져 주는 기계 등이 보급화된 이 세대의 사람들은 말쑥하고 시크한 것이 자연스러운 것으로, 유행하는데요. 태인 군도 이런 삶에 순응하며 살아가고 있었습니다.

그러나 이 트렌드는 계속 사람들을 기계화 및 자동주의로 변하는 사회에 순응시켜 가고….
이는 이를 지지하는 온건 기계당과 급진 자연당의 마찰을 야기하는데요. 어느 날 급진 자연당의 시위로 멈춰 버린 무빙워크 레일. 태인을 비롯한 대다수의 사람들이 의존하고 있던 움직이는 도로가 멈춰 버리고, 다른 날과 달리 허겁지겁 집을 나선 태인은 구세대의 유물이라고만 여겨진 당황감과 스트레스를 경험하게 되는데요!

자동 스타일러를 하지 않아 산발이 된 머리와 요란한 소리를 내는 옛 버전의 교통수단인 모터 보드 위에, 노끈으로 질끈 고정시킨 다 큰 아이를 뒤에 태운 태인의 모습이 도로에서 포착됩니다.

마침내 땀을 씻으며 뛰어 들어간 직장은 이날도 이상하게 차분하기만 하고…. 다음 날 무빙워크도 아무 탈 없이 재가동되기 시작합니다. 그러나 태인은 자신의 어제의 모습이 급진 자연당의 잡지 표지에 등장한 것을 보게 되는데요…. 그것을 보고, 웃음을 참을 수 없게 된 태인은 그러나 그의 차분한 미소를 보면서 생각에 잠깁니다.

단편 소설 제2장 '소라게'

  단편 소설 제2장 '소라게'는 '어떻게 살까.'에 연관이 깊은 '무엇을 하며 살까.'와 '무엇을 배우며 살까?'의 고민을 담은 글입니다.
  대학을 졸업하고 대학원 진학을 꿈꾸는 소위 학구파 범생이 소희는 고시를 준비하며 여러 가지 분야를 공부하게 되는데요. 그녀의 성실함과 시험에 대한 부담은 무분별한 정보 습득 및 지식 취득으로 와전되어 그녀를 지치게 만듭니다. 결국, 몸을 가누기도 힘들어진 그녀에 비해 그녀의 주변인들은 성공적인 사회인들이 되어 가는 듯합니다. 이럴 때 그녀를 위로해 준 것은 꾸물꾸물 움직이는 작은 소라게입니다. 이 작은 생물이 보이는 삶의 의지에 힘입어 그녀는 삶을 위한 공부를 해 보기로 결심합니다.

단편 소설 제3장 '쏘시의 눈물'

  단편 소설 제3장 '쏘시의 눈물'은 정신적인 강박에 묶여 있는 소아의 이야기입니다.
  어릴 때 어떤 외부의 충격이 신체화되면서 뭔가를 계속 찢는 일에 집착하는 딸을 양육하는 한나는 닥터 베넷과 함께 어린 딸의 트라우마 이야기를 따라갑니다. 그녀는 딸의 트라우마가 담 너머 이웃집을 넘어 본 무언가 때문이라고 생각했으나, 그녀 자신의 어떤 두려움 때문에 일의 전모를 파헤치지 못하고 있다가, 다른 이웃 여자의 방문으로 일의 실마리가 풀립니다. 이웃집 죠지의 가정 내 이슈가 어린 소년이 해결하지 못하는 정신적인 스트레스를 준 반면, 착하고 여린 마음의 소유자인 쏘시에게는 이 소년의 불안과 슬픔, 우울 같은 것이 전치가 되어, 강박 행동을 유발하게 됩니다. 자폐증은 사실 유전적인 영향으로 발현된다고 알려져 있지만, 뮤티즘이나 강박 행동 등은 환경적, 정신적 요인에 의해 발현되기도 한다고 합니다.

단편 소설 제4장 '안식처(그의 카렌시아)'

'안식처(그의 카렌시아)'는 우리의 삶에서 가교 역할을 하는 진실한 친구의 사랑을 그린 글입니다. 이 글의 주인공인 여자는 진정한 사랑 구현의 어려움에 고통을 당하고 있습니다. 자신을 좋아하는 남자들이 주변에 있는데도 롱디의 관계에 있는 남자를 사랑하게 됩니다.

그런 그녀를 관찰하며 이해하는 남자, 나이트 씨는 정의감의 소유자입니다. 그녀를 돕고자 하는 그는 그녀를 '성'에 데려다 주고 자신을 희생하지만, 정신적이고 진실한 사랑에 도달하며 그의 안식처로 들어갑니다.

단편소설 제5장 '빨래'

그녀는 프리랜서 작가로, 자택근무를 하며 글을 쓰고, 빨래 등의 집안일을 하며 소박한 일상을 꾸려나가고 있습니다. 글 쓰는 일에 소명의식을 가지고 있는 그녀는 양심이 발달한, 내면적이고 의식적인 인물입니다. 자아 성찰을 쇄신의 우선 요소로 생각하는 그녀에 반해 그녀와 대비되는 성격을 가진 그녀의 이웃은 외향적이고, 사회 활동을 우선시합니다.

그녀들의 다름은 같은 집을 다르게 해석하는 그녀들의 관점과 입장에서 극대화됩니다.

단편 소설 제6장 '버드 와쳐와 춤을'

현대 인간의 공통분모는 과거와 다른 현재의 현실이지만, 개인이 인지하는 현실은 완전히 같지 않습니다. 요컨대 새와 그들의 커뮤니케이션에 관심을 가지고 있는 윤주 양은 자신이 좋아하는 것에 대한 열정을 가지고 그것을 좇는 신여성의 모습입니다. 그녀는 당당한 인물로 자신이 좋아하는 것, 원하는 것을 잘 알고 있습니다. 그에 반면, 민석은 일반적인 것이나 보통의 것이 아닌 것들에 대한 막연한 두려움을 가지고 있습니다. 유치원에서의 행사를 준비하며 새 가면을 쓰고, 새의 날갯짓을 흉내 내는 윤주 양을 본 민석은 잠시 일반적이지 않은 윤주 양의 예민함과 그 세계에 들어가는 듯하나 이내 뒷걸음질하여 스스로 군중의 일부가 됩니다.

단편 소설 제7장 '모범이 될 만한'

중학교에서 기간제 강사로 영어를 가르치는 하연은 MZ 세대로, 고등학교를 나와 검정고시 후 유학한 배경을 가지고 있습니다. 몇 년째 임용고시를 준비하고 있는 그녀는 또한 방송인이 되려고 준비했으나 아직 어느 쪽으로 정착하지 못한 상황에 있는데요. 이런 시점에 만난 쇼호스트 언니들이나 수진 선생님, 옛 친구들에 비춰졌던 자신은 미지근하고 야심 없는 인물입니다. 하지만, 여느 때와 같이 아이들에게 영어를 가르치러 가는 하연을 조심스럽게 부르는 학생에게 비춰지는 그녀는 이상적인 인물로 그들이 닮고 싶어 하는 예쁜 선생님입니다. 이 평범한 날의 에피소드는 그녀를 고무시켜 그녀는 모범적인 인생을 살아 보자고 다짐합니다.

단편 소설 제8장 '2017년의 행방(에스텔라의 편지)'

이 글은 시스템이 공격당해 자유 의지가 부분적으로 또는 완전히 박탈되어 주문에 따라 움직이는 인형과도 같이 된 공작님이 에스텔라 넘버 7에게 전한 메시지를 에스텔라가 편지 형식으로 신디클레어 부인에게 전달한 내용을 요약한 것입니다. 제눈과 연인 관계에 있었던 가난하지만 총명한 에스텔라가 전하는 편지 내용은 급박하고 심각합니다. 공작가의 자유의지가 공격받은 이 일은 적지 않게 심각한 일로, 그림자에 가려져 있던 전달자에 불구했던 에스텔라는 자신 또한 이일을 폭로하고 해결하기 위해 '빛'으로 나아가야 한다는 예감에 두려움을 느끼면서도 정치적, 사회적으로도 빛에 속한 노련한 신디클레어 부인을 의지합니다. 공작가를 도우려는 에스텔라의 자유 의지와 공작님을 도와줄 방법을 모색하는 그녀의 고군분투가 녹아 있는 이 글은 이 이슈에 대한 우리 세대 지성인의 입장과 고민을 대변한다고 할 수 있겠습니다.

단편소설 제9장 '그린티라떼와 녹라, 말차라떼, 그리고 그리너리 라이프'

예술가인 말숙은 어쩌다가 숙명처럼 빚어져 그녀의 작품에 시그니처처럼 되어 버린 그녀 작품의 그리너리 모티브와 곰돌이 인형에 환멸감을 느끼고 매너리즘의 굴레에 빠져 살지만, 집 앞 카페의 녹색 음료인 말차라떼를 좋아하는, 긍정적인 삶의 자세를 지키며 매일을 살아가고 있는 일반 여자입니다. 어느 날 그녀는 집 앞의 카페에서 그와 마주치게 되고, 호감을 가지게 되는데요. 이 만남은 한동안 그녀의 삶에 환기를 선사하는 듯했지만, 그녀가 알게 된 그 역시 어떤 굴레에 잡혀 있는 인간이라는 것을 보게 되며, 매번 녹차라떼를 가져다주는 그에게도 무료함을 느낍니다. 하지만 결국 말숙은 퓨전 음식점을 오픈하려는 이 남자를 좋아하게 되며, 그녀가 굴레라고 여겨 왔던 그녀의 삶의 일상들을 받아들이게 됩니다.

단편 소설 제10장 '이일'

인간이 탄생시킨 쉬지 않고 발전하는 로봇들과 그들이 창조해낸 시스템은 인간 세계의 시스템보다 더욱 완벽한 듯합니다. 그들은 특히 부를 창조하는 생산력으로 어필하며 인간이 이천 년 동안 이룬 진보를 이틀 만에 이루겠다고 고전합니다. 특히, 로봇 인력은 보통 인간보다 더 완벽하게 일을 해내므로, 많은 일자리가 소멸되었는데요. 이런 새로운 세계에서 인간은 로봇이 만든 프로그램을 이용하기 위해, 그리고 경쟁력 있는 존재로서의 삶을 영위하기 위해 로봇으로 전환할 수밖에 없는 상황에 봉착하게 됩니다. 인간 a111111은 비록 삶에 대한 열정을 가진 인간이나, 결국 로봇으로의 전환을 거부합니다. 그 과정에서 그는 다른 인간들처럼 소멸당할 것이라 여겼으나, 그의 마지막 기도를 끝내기도 전에 '부활'함으로써 인간 존재의 한계에 대한 로봇들의 예상을 깨게 됩니다. 그리고 그들은 그에게 기적의 인간 1호라는 태그를 붙여 줍니다.

찬란한 오늘의 옆에서

ⓒ 시온, 2023

초판 1쇄 발행 2023년 7월 3일

지은이   시온
펴낸이   이기봉
편집   좋은땅 편집팀
펴낸곳   도서출판 좋은땅
주소   서울특별시 마포구 양화로12길 26 지월드빌딩 (서교동 395-7)
전화   02)374-8616~7
팩스   02)374-8614
이메일   gworldbook@naver.com
홈페이지   www.g-world.co.kr

ISBN   979-11-388-2055-4 (03810)